美しき鐘の声

平家物語

一

諸行無常の響きあり

木村耕一

イラスト 黒澤葵

1万年堂出版

祇《ぎ》園《おん》精《しょう》舎《じゃ》の鐘《かね》の声、
諸《しょ》行《ぎょう》無《む》常《じょう》の響《ひび》きあり。

娑《しゃ》羅《ら》双《そう》樹《じゅ》の花の色、
盛《じょう》者《しゃ》必《ひっ》衰《すい》の
ことわりをあらわす。

おごれる人も久しからず。
唯《ただ》春の夜の夢のごとし。

たけき者も遂《つい》にはほろびぬ、
偏《ひとえ》に風の前の塵《ちり》に同じ。

はじめに

「あなたは、どう生きる？」『平家物語』は問い続けている

祇園精舎《ぎおんしょうじゃ》の鐘《かね》の声、
諸行無常《しょぎょうむじょう》の響《ひび》きあり。
娑羅双樹《しゃらそうじゅ》の花の色、
盛者必衰《じょうしゃひっすい》のことわりをあらわす。（平家物語）

『平家物語』の文章には、リズムがあります。

盲目《もうもく》の法師が、琵琶《びわ》を奏《かな》でながら、歌うように語っていた物語だからでしょう。「あっ」と感動したり、「ほろっ」と涙《なみだ》したりする場面が、随所《ずいしょ》に、織《お》り込《こ》まれています。

今日《こんにち》でいえば、ライブハウスで、ギターやピアノを弾《ひ》きながら歌うのに似ています。

では、『平家物語』には、何が書かれているのでしょうか。

冒頭《ぼうとう》の名文で明らかなように、「諸行無常《しょぎょうむじょう》」「盛者必衰《じょうしゃひっすい》」がテーマです。

これには、ちょっと首をかしげたくなりませんか。

「諸行無常《しょぎょうむじょう》」とは、「全てのものは、長続きしない」。

「盛者必衰《じょうしゃひっすい》」とは、「盛《さか》んな者も、必ず衰《おとろ》える時が来る」という意味です。

そんな暗い話からは目を背《そむ》けたいと思ってしまいます。

しかし、私たちが、どう生きるかを考え、悔《く》いのない人生を設計するには、非常に重要なテーマなのです。

『平家物語』には、平清盛《たいらのきよもり》が、日本史上、例のない出世を果たすまでのサクセスストーリーは書かれていません。ここが、豊臣秀吉《とよとみひでよし》の『太閤記《たいこうき》』と違《ちが》うところです。

少しだけ、平家の歩みを書いたあと、いきなり「太政大臣《だいじょうだいじん》」という最高のポストを得た清盛《きよもり》から始まります。そして、一見、華《はな》やかに見える平家一門が、わずか十八年後に、壇《だん》の浦《うら》の海底に沈《しず》んでいくまでを描《えが》いているのです。

主人公が、苦労して成功を収めるまでの物語ならば、ハッピーエンドになるでしょう。しかし、それは人生の

片面でしかありません。むしろ、その後のほうが大事なのです。

山の頂上まで登った人は、それから、どうするのか。頂上まで登ることができず、挫折《ざせつ》した人は、どうなるのか。

必ず直面する死に、どう向き合えばいいのか。

こういうことを、真っ正面から描《えが》いた物語は、他にはないように思います。

『平家物語』は、軍記物といわれます。しかし、源氏と平家の合戦ばかりが描《えが》かれているのではありません。

親と子の絆《きずな》、夫婦の絆《きずな》、主従の絆《きずな》が描《えが》かれている場面が、とても多いのが特徴《とくちょう》です。

清盛《きよもり》にも、子供や孫があります。罪を犯《おか》して流罪《るざい》になる人たちにも、妻や子供がいます。

ついつい「自分の人生は、自分が決める」「自分のやりたいことをやる」という考えで、突《つ》き進《すす》んでしまうことがあります。しかし、それが、家族や周囲の人たちに、どんな思いをさせてしまうのか……。『平家物語』を読むと、誰《だれ》もが一度、立ち止まって考えてしまうと思います。

『平家物語』には、「滅《ほろ》びの美」が描《えが》かれている、という人があります。

一つの文学として見れば、確かにそうでしょう。

しかし、本当に、滅《ほろ》んでいくのは美しいでしょうか。

「滅《ほろ》ぶ」とは、死ぬことなのです。

わが身に、同じことが起きた時、「美しい」といえますか。

家や財産を失い、親しい人を亡《な》くした時に、「滅《ほろ》びの美」といえますか。

『平家物語』はフィクションではありません。実際にあったことを基《もと》に書かれています。

清盛《きよもり》だけでなく、物語に登場する人物は、さまざまな苦難に直面します。その時、人間は、どう行動するのか。その結果、どうなったのかを読んでいくと、とてもためになります。

時代は違《ちが》っても、同じ人間ですから、同じようなことが、私たちの人生にも、起きるからです。

そういう読み方をしてこそ、「諸行無常《しょぎょうむじょう》」「盛者必衰《じょうしゃひっすい》」の現実を見つめて、そこを乗《の》り越《こ》えて進む、強い生き方が生まれると思います。

世の中の無常と、人間の罪悪を見つめて、こんな感動的な物語に仕上げた作者は、いったい、どんな人だったのでしょうか。

実は、『平家物語』は、『源氏物語』と並んで、世界的に有名な古典なのに、誰《だれ》が書いたのか、分からないのです。

『平家物語』は長編です。原典は十二巻もあります。全て意訳するわけにはいきません。原文を何度も読んでいると、作者の筆遣《ふでづか》いが伝わってきます。何を訴《うった》えたかったのか、その心を酌《く》み取《と》ることに神経を集中させ、現代の私たちが、「どう生きた

らいいのか」を考える時に、ヒントになる部分を選んで意訳していきたいと思います。

「意訳で楽しむ古典シリーズ」として、三巻にまとめるのが目標です。黒澤葵《くろさわあおい》さんのイラストも、ますます絶好調です。

平成三十一年三月

木村　耕一

もくじ

❖意訳で楽しむ平家物語

もくじ

第七章　俊寛と有王

平家が発展した謎は、「三十三間堂」にあり

京都の「三十三間堂《さんじゅうさんげんどう》」といえば、よく、修学旅行の訪問先に選ばれる有名な寺院です。約百二十メートルの細長い建物で、堂内の柱と柱の間が三十三あることから、三十三間堂《さんじゅうさんげんどう》と呼ばれています。

吉川英治《よしかわえいじ》の小説『宮本武蔵《みやもとむさし》』の愛読者ならば、吉岡伝七郎《よしおかでんしちろう》との決闘場所《けっとうばしょ》として思《おも》い浮《う》かぶでしょう。日が暮れて、チラチラと雪が舞《ま》う中、武蔵《むさし》が三十《さんじゅう》三間堂《さんげんどう》の長い縁《えん》（廊下《ろうか》）の端《はし》から現れる名場面です。

実は、この三十三間堂《さんじゅうさんげんどう》は、平家の発展と、非常に深い関係があるのです。『平家物語』には、鳥羽上皇《とばじょうこう》が「大きな寺が欲《ほ》しい」と言った時に、清盛《きよもり》の父・忠盛《ただもり》が「三十三間の御堂《みどう》」（得長寿院《とくちょうじゅいん》）を建てて、一千一体の御仏《みほとけ》を安置して寄進したと記されています。本来ならば、国家予算で建立《こんりゅう》する巨額《きょがく》プロジェクトを、私費で賄《まかな》ったのです。

これに喜んだ上皇は、低い身分であった忠盛《ただもり》を、一躍《いちやく》、天皇の御所《ごしょ》へ入ることができる「殿上人《てんじょうびと》」に抜擢《ばってき》しました。

それまで、天皇や貴族は、武士のことを、命令すれば、人殺しでも何でもする「犬以下」の存在として扱《あつか》っていました。武士のことを「地下人《じげにん》」といって、地面を這《は》い回《まわ》る虫のように思っていたのです。

この差別を撤廃《てっぱい》させたのが経済力でした。平家は西日本を根拠地《こんきょち》として、

海上の流通経済網《りゅうつうけいざいもう》を独占《どくせん》していました。中国大陸との貿易にも乗り出し、巨万《きょまん》の富を築いていきます。

経済力があれば、軍備の充実《じゅうじつ》も、大寺院の建立《こんりゅう》もできます。時代の先を読む力、経済センスが、平家を「地下人《じげにん》」から「殿上人《てんじょうびと》」へ押《お》し上《あ》げたのです。

忠盛《ただもり》が亡《な》くなったあと、嫡男《ちゃくなん》の清《きよ》盛《もり》が、平家の棟梁《とうりょう》となります。

清盛《きよもり》は、保元《ほげん》の乱、平治《へいじ》の乱を勝《か》ち抜《ぬ》いて、平家の立場を不動のものとしていきました。そして、父に倣《なら》い、後白河上皇《ごしらかわじょうこう》の住まいの近くに、三十三間堂《さんじゅうさんげんどう》（蓮華王院《れんげおういん》）を建立《こんりゅう》して寄進したのです。

清盛《きよもり》が、太政大臣《だいじょうだいじん》に昇進《しょうしん》したのは、その三年後でした。これは、藤原《ふじわら》氏に代わって、平家が朝廷《ちょうてい》の実権を、ほぼ握《にぎ》ったことを意味します。

『平家物語』には、次のように書かれています。

「平家一門の公卿《くぎょう》は十六人、殿上人《てんじょうびと》は三十余人、諸国の役人は合わせて六十余人に達しました。官界には平家を除いて人がないような有り様です」

「日本は、わずか六十六カ国ですが、平家が支配する国は、そのうち三十余カ国もあり、すでに半ばを越《こ》えています」

「平家の邸宅《ていたく》の門前には、来訪者の車があふれています。中国大陸から、あらゆる金銀財宝が集められ、何一つ欠けているものはありませんでした」

まさに、平家全盛《ぜんせい》の時代を迎《むか》えたのでした。

かいせつ

忠盛《ただもり》が建立《こんりゅう》した三十三間堂《さんじゅうさんげんどう》（得長寿院《とくちょうじゅいん》）は、一一八五年に地震《じしん》で倒壊《とうかい》してしまいます。再建はされませんでした。

一方、清盛《きよもり》が建立《こんりゅう》した三十三間堂《さんじゅうさんげんどう》（蓮華王院《れんげおういん》）は、一二四九年に火災で焼失《しょうしつ》しましたが、間もなく再建され、今日《こんにち》に至っています。修学旅行や観光で有名な「三十三間堂《さんじゅうさんげんどう》」は、清盛《きよもり》が建てた蓮華王院《れんげおういん》を指しています。

意訳で楽しむ平家物語

第一章
美しき祇王御前

萌《も》え出《い》ずるも
枯《か》るるも同じ野辺の草
いずれか秋に
あわではつべき

——祇王御前——

【主な登場人物】

平清盛
平家の棟梁

祇王
白拍子（平安末期に流行した歌や舞いを演じる芸能者）。近江国（現在の滋賀県野洲市）出身

祇女
白拍子。祇王の妹

仏御前
白拍子。加賀国（現在の石川県小松市）出身

萌える草、枯れる草

一

平清盛《たいらのきよもり》は、天下を思いどおりに動かす権力を握《にぎ》りました。すると、世の中から非難されようと、笑われようと、全く気にかけず、勝手な振《ふ》る舞《ま》いばかりするようになったのです。

例えば、当時、宴会《えんかい》などで歌謡《かよう》や舞《まい》を披露《ひろう》する「白拍子《しらびょうし》」の女性と、このようなことがあったと語り伝えられています。

都で評判の白拍子《しらびょうし》に、祇王《ぎおう》と祇女《ぎにょ》という名の姉妹がいました。姉の祇王《ぎおう》が、ある日、平家の屋敷《やしき》を訪《おとず》れた時のことです。天女《てんにょ》が羽衣《はごろも》をまとったような可憐《かれん》な十七歳。その美しさは、武者の多い邸《てい》内《ない》で、輝《かがや》きを放っていました。

清盛《きよもり》は、ひと目見るなり、祇王《ぎおう》に惚《ほ》れ込《こ》んでしまい、そのまま屋敷《やしき》にとどめてしまったのです。その代償《だいしょう》として、祇王《ぎおう》の母に、立派な家を造って与《あた》えただけでなく、毎月、百石《ひゃっこく》の米と百貫《ひゃっかん》の金銭を贈《おく》り続《つづ》けたのです。

貧しかった祇王《ぎおう》の家族は、一躍《いちやく》、裕福《ゆうふく》になり、楽しい日々を過ごすようになりました。

都には、

「祇王《ぎおう》は、えらい幸運をつかんだものだ」

「玉《たま》の輿《こし》に乗るとは、このことだ。今や祇王《ぎおう》も、清盛《きよもり》公の側室だからな」

と、たちまちウワサが広がります。

祇王《ぎおう》と同じ芸能界に生きる白拍子《しらびょうし》の中には、

「ああ、なんてうらやましい！　私たちも、名前に『祇《ぎ》』という字をつけましょう。きっと幸運に巡《めぐ》り合《あ》えるに違《ちが》いないわ」

と言って、祇一《ぎいち》、祇二《ぎに》、祇福《ぎふく》、祇徳《ぎとく》などと名乗る者が次々に現れたのです。

しかし、そんな風潮を嘆《なげ》き、

「縁起《えんぎ》をかついでもだめよ。名前や文字で、運命が変わるはずがないわ。この世の幸せは、前世から今日までの自分の行いによって決まるのです」

と言って、名を変えず、芸の鍛錬《たんれん》に励《はげ》む者も多くありました。

二

それから三年たった頃《ころ》、芸能界に、キラリと光る新人が現れました。

加賀国《かがのくに》の出身で、名は仏御前《ほとけごぜん》、十六歳の女性です。

都では、

「これまで白拍子《しらびょうし》はたくさんいたが、こんな上手《じょうず》な舞《まい》は見たことがない」

と、仏御前《ほとけごぜん》の人気は高まる一方でした。

「はたして、清盛殿《きよもりどの》に見初《みそ》められた祇王《ぎおう》と、どっちが上手《じょうず》だろうか」

と、ウワサは尽《つ》きません。

仏御前《ほとけごぜん》は、積極的な女性です。

「誰《だれ》に褒《ほ》められようと、この国を動かしている清盛殿《きよもりどの》に評価されなかったら、一番とは言えないわ。お招きがなければ、こちらから押《お》しかけて、私の舞《まい》を見ていただきましょう」

と、祇王《ぎおう》に負けないほど美しく粧《よそお》って、平家の屋敷《やしき》へ向かったのです。

門番からの取り次ぎで、

「都で評判の白拍子《しらびょうし》が参りました」

と聞いた清盛《きよもり》は、激怒《げきど》します。

「厚かましいにもほどがある。ここに、祇王《ぎおう》がいることを知らないのか。追い返せ。そんな者は！」

すると、そばにいた祇王《ぎおう》が、清盛《きよもり》をなだめます。

「お招きがなくても、推参して芸を披露《ひろう》するのが、遊女の習いです。そんなに冷たく追い返されては、まだ若い彼女が、どんなに落胆《らくたん》し、恥《は》ずかしい思いをするでしょう。私も、芸の道に生きていますので、人ごととは思えないのです。どうか、会うだけでも会ってやってください」

心を動かされた清盛《きよもり》は、

「そうか、おまえが、それほど言うなら、会ってやろう」

と、態度を変えたのでした。

仏御前《ほとけごぜん》は、追われるように車に乗って、門から出るところでしたが、呼《よ》び戻《もど》され、広間へ連れてこられました。

三

遠い上座から、清盛《きよもり》は言います。

「今日は、会うつもりはなかったが、祇王《ぎおう》が何を思ってか、あまりにも勧《すす》めるので、会ってやるのだ。顔を見るだけでは、つまらん。今様《いまよう》〈歌〉を一つ、歌ってみよ」

仏御前《ほとけごぜん》は、「承知しました」と清盛《きよもり》に一礼したあと、そっと祇王《ぎおう》を見つめ、瞳《ひとみ》で感謝の気持ちを伝えました。

君をはじめてみる折は
千代《ちよ》も経《へ》ぬべし姫小松《ひめこまつ》
御前《おまえ》の池なる亀岡《かめおか》に
鶴《つる》こそむれいてあそぶめれ

（あなたと初めてお会いして、私の命は千年も延びるでしょう。庭の池にある島に、めでたい鶴《つる》が群がり遊んでいるようです）

澄《す》み切《き》った声が、広間に響《ひび》きわたります。
仏御前《ほとけごぜん》は、三度、繰《く》り返《かえ》し歌いました。

シーンと静まり、誰《だれ》の耳にも、心地《ここち》よい余韻《よいん》が残ります。

彼女を見る、清盛《きよもり》の目が変わってきました。

「そなたは、今様《いまよう》が上手《じょうず》だな。舞《まい》もきっと素晴《すば》らしいだろう。誰《だれ》か鼓《つづみ》を打て。仏御前《ほとけごぜん》の舞《まい》を見ようではないか」

舞《まい》こそ、仏御前《ほとけごぜん》の得意中の得意。鼓《つづみ》に合わせて、艶《あで》やかに舞《ま》い始《はじ》めました。

その美しい姿には、十六歳の少女とは思えない気品があります。

恍惚《こうこつ》とした顔つきで見入っていた清盛《きよもり》は、仏御前《ほとけごぜん》に、この屋敷《やしき》にとどまるよう命じます。祇王《ぎおう》から仏御前《ほとけごぜん》へ、完全に心が移ってしまったのです。

しかし、仏御前《ほとけごぜん》は喜びませんでした。

「何をおっしゃいますか。もともと私は、勝手にやってきて、一度は追い返された身です。それを祇王御前《ぎおうごぜん》のお執《と》り成《な》しで呼《よ》び戻《もど》されました。今、私が、おそばに仕えたならば、祇王御前《ぎおうごぜん》が、どうお思いになるか……。お願いです

から、早く帰してください」

清盛《きよもり》は、

「そんなことは許さん。ははあ、祇王《ぎおう》に遠慮《えんりょ》しているのだな。よし、それなら、祇王《ぎおう》に暇《ひま》をやろう。直ちに実家へ帰らせることにしよう」

と無造作に言います。

驚《おどろ》いたのは仏御前《ほとけごぜん》です。

「私のせいで、祇王御前《ぎおうごぜん》が追い出されるなんて、そんなことがあっていいものでしょうか。情けをかけていただいた祇王御前《ぎおうごぜん》に申し訳なく、とても恥《は》ずかしい思いがします。どうか、私を、このまま帰らせてください」

と訴《うった》えますが、清盛《きよもり》は、一切《いっさい》、受け付けませんでした。

四

祇王《ぎおう》は、いつか、こういう日が来ることは覚悟《かくご》していました。しかし、まさか今日が、その日になるとは夢にも思っていなかったのです。清盛《きよもり》から、「早く出ていけ」と、しきりと催促《さいそく》が来ます。彼女は、自分に与《あた》えられていた部屋《へや》を片付けていました。旅の途中《とちゅう》で出会った人と、木陰《こかげ》で一緒《いっしょ》に休んだり、川の水をすくって飲んだりしただけでも、別れる時には寂《さび》しさが込《こ》み上《あ》げてくるものです。ましてて、三年もの間、住み慣れた屋敷《やしき》を追い出されるのは、名残惜《なごりお》しいだけでなく、恨《うら》みや悲しみが込《こ》み上《あ》げ、涙《なみだ》が止まりません。いつまでも泣いているわけにもいかないので、祇王《ぎおう》は、襖《ふすま》に一首の歌を書いて出ていきました。

萌《も》え出《い》ずるも
枯《か》るるも同じ野辺の草
いずれか秋に
あわではつべき
（新しく芽を出す草も、枯《か》れていく草も、同じ野原の草です。
やがて秋になれば、枯《か》れてしぼんでいくのです）

祇王《ぎおう》が去ったあと、襖《ふすま》に残された歌を見た人たちは、しんみりと考《かんが》え込《こ》んでしまいました。

「萌《も》え出《い》ずる草」とは仏御前《ほとけごぜん》、「枯《か》るる草」とは祇王《ぎおう》自身を例えています。

「青々と勢いよく伸《の》びる草花も、やがて茶色に変わって枯《か》れていきます。私にも、その時が来たのです」と無常の世を悲しんでいるのです。

また、「いずれか秋に」の「秋」には「飽《あ》き」の意味がかけられていますので、「仏御前《ほとけごぜん》よ。あなたもいずれは、私と同じように飽《あ》きられて、捨てられるのですよ」と言い残していったのです。

実家に帰った祇王《ぎおう》は、そのまま倒《たお》れ伏《ふ》して、ただ泣くばかりでした。母や妹が、「どうしたの、何があったの？」と尋《たず》ねても、何も答えません。送り届けてくれた人に聞いて、やっと事情を知ることができたのでした。

それ以来、毎月、実家へ贈《おく》られていた米百石《ひゃっこく》、銭百貫《ぜにひゃっかん》も、止められてしまったので、急に、生活を切《き》り詰《つ》めなければならなくなりました。

逆に、今度は、仏御前《ほとけごぜん》の家族が、富み栄えるようになっていったのです。

都では、身分の上下を問わず、

「祇王《ぎおう》は、清盛殿《きよもりどの》から暇《ひま》を出されたそうだ。さあ、祇王《ぎおう》を訪ねて遊びに行こう」

と言う者が多く現れました。手紙を届けたり、使いを出したりして誘《さそ》いますが、祇王《ぎおう》は、全て拒否《きょひ》します。実家に戻《もど》ったからといって、今さら、誰《だれ》かと、遊《あそ》び戯《たわむ》れる気持ちになれません。そんな誘《さそ》いがあればあるほど、悲しみがつのり、また涙《なみだ》に沈《しず》むのでした。

原文

祇王《ぎおう》もとより思《おも》いもうけたる道《みち》なれども、さすがに昨日今日《きのうきょう》とは思《おも》いよらず。いそぎ出《い》ずべき由《よし》、しきりに宣《のたま》うあいだ、掃《は》き拭《のご》い塵拾《ちりひろ》わせ、見苦《みぐる》しき物《もの》どもとりしたためて、出《い》ずべきにこそさだまりけれ。

一樹《いちじゅ》のかげに宿《やど》りあい、同《おな》じ流《なが》れをむすぶだに、別《わか》れはかなしきならいぞかし、ましてこの三年《みとせ》が間《あいだ》、住《す》みなれし所《ところ》なれば、名残《なごり》も惜《お》しうかなしくて、かいなき涙《なみだ》ぞこぼれける。さてもあるべき事《こと》ならねば、祇王《ぎおう》すでに今《いま》はこうとて出《い》でけるが、なからん跡《あと》の忘《わす》れがたみにもとや思《おも》いけん、障子《しょうじ》に泣《な》く泣《な》く、一首《いっしゅ》の歌《うた》をぞ書《か》きつける。

萌《も》え出《い》ずるも枯《か》るるも同《おな》じ野辺《のべ》の草《くさ》
いずれか秋《あき》にあわではつべき

（巻第一　祇王）

この世は仮の宿

一

こうして、年も暮れ、翌年の春のことです。

祇王《ぎおう》の元に、清盛《きよもり》から、こんな使者が来ました。

「その後、どうしているか。仏御前《ほとけごぜん》が寂《さび》しそうにしている。こちらに来て、今様《いまよう》を歌ったり、舞《まい》を舞《ま》ったりして、仏御前《ほとけごぜん》を慰《なぐさ》めなさい」

あまりにも無神経な誘《さそ》いなので、祇王《ぎおう》は、返事をしませんでした。

すると清盛《きよもり》は、

「どうして返事をしないのか。来ないというのだな。それならば、清盛《きよもり》にも考えがある」

と通告してきました。

母は、これを聞いて恐《おそ》れました。権力者に逆らったら、どんな目に遭《あ》うかしれません。

しかし、祇王《ぎおう》は、

「たとえ都の外へ追放されようと、命を奪《うば》われようとかまいません。一度、嫌《きら》われ、捨てられた身であるのに、再び、清盛殿《きよもりどの》に顔を合わせる気にはなれないのです」

と、応じようとはしません。

母は重ねて諭《さと》します。

「男と女の出会いは、前世からの因縁《いんねん》によるのですよ。千年も万年もともに生きようと誓《ちか》った夫婦《ふうふ》でも、すぐに別れてしまうことがあります。ちょっとの間の縁《えん》だろうと思っていたのに、生涯《しょうがい》、連《つ》れ添《そ》うこともあります。必ず、こうなるといえないのが、男女の仲なのです。

おまえは、三年もの間、清盛殿《きよもりどの》の寵愛《ちょうあい》を受けたのだから、前世からの深い縁《えん》があるのです。お招きを断っても、まさか命までは奪《うば》われないでしょう。ただ、都の外へ追放されるのは間違《まちが》いなかろう。そうなると、年老い、体も衰《おとろ》えたこの母も、一緒《いっしょ》に行かなければならない。住み慣れない田舎暮《いなかぐ》らしは、想像するだけでも悲しいことです。どうか、親のためだと思って、清盛殿《きよもりどの》の所へ行ってくれないだろうか」

祇王《ぎおう》にとっては、耐《た》え難《がた》いことでした。しかし、親を悲しませたくはないので、泣く泣く清盛《きよもり》の元へ出かけていくことにしたのです。

二

一人で行くのは、あまりにもつらいので、祇王《ぎおう》は、妹も連れていくことにしました。さらに二人の白拍子《しらびょうし》を誘《さそ》い、合わせて四人で一つの車に乗って、平家の屋敷《やしき》の門を通ったのです。

ただでさえ肩身《かたみ》の狭《せま》い思いをしているのに、屋敷《やしき》に入っても、以前、住んでいた部屋《へや》には通されず、広間の、はるか下座に席が設けられていました。家臣からも、「そこに控《ひか》えていよ」と冷ややかに扱《あつか》われます。

分かっていながらも、祇王《ぎおう》には、悔《くや》しさが込《こ》み上《あ》げてきます。

「これは、どうしたことでしょう。突然《とつぜん》、捨てられたことだけでも、ひどい仕打ちだったのに……。今また、大勢の前で、下座に座らされ、大きな恥《はじ》を受けるとは……」

人に知られないように、顔に押《お》し当《あ》てている袖《そで》の間から、涙《なみだ》があふれ落ちてしまいます。

仏御前《ほとけごぜん》は、あまりにも哀《あわ》れに感じて、清盛《きよもり》に訴《うった》えます。

「なぜ、座敷《ざしき》を下げて、あのように差別されるのですか。まるで恥《はじ》をかかせるために呼ばれたようなものではありませんか。そば近くへお招きください。そのお許しがないならば、私が、祇王御前《ぎおうごぜん》の元へ行きます」

清盛《きよもり》は、

「その必要はない」

と言って、許しません。それどころか、

「祇王《ぎおう》、その後、変わりはないか。仏御前《ほとけごぜん》が、あまりにも寂《さび》しがっているので、今様《いまよう》を一つ歌いなさい」

と命じました。

この日、広間には、公卿《くぎょう》や平家一門の人々が多く詰《つ》めかけていました。それらの客のために歌えとは言っていません。一人の女性、仏御前《ほとけごぜん》を慰《なぐさ》めよ、と清盛《きよもり》は言ったのです。

祇王《ぎおう》の心には、嫉妬《しっと》の炎《ほのお》が燃え上がります。わが身のみじめさ、悔《くや》しさで体が震《ふる》え、涙《なみだ》が込《こ》み上《あ》げるのを、どうにもできませんでした。

それでも、「ここへ来た以上は清盛《きよもり》の命に背《そむ》くまい」と決めていた祇王《ぎおう》は、涙《なみだ》を抑《おさ》えながら、今様《いまよう》を歌いました。

仏も**昔**は**凡夫**《ぼんぶ》なり
われらも**終**《つい》には**仏**なり
いずれも**仏性**《ぶっしょう》、**具**せる**身**を
へだつるのみこそかなしけれ

仏も、元は普通《ふつう》の人間です。

我らも浄土往生《じょうどおうじょう》を果たせば仏になります。

同じ人間なのに、差別され、隔《へだ》てられるのは悲しいことです

祇王《ぎおう》は、二度、三度と繰《く》り返《かえ》し歌ううちに涙《なみだ》が乾《かわ》いてきました。

逆に、周りで聞いている人たちは、あわれを感じ、目に涙《なみだ》を浮《う》かべていました。仏御前《ほとけごぜん》は、すすり泣いています。

清盛《きよもり》も、さすがに何かを感じたのか、これ以上は強《し》いませんでした。

「とても素晴《すば》らしい歌だった。続けて、舞《まい》も見たいところだが、他に用事ができてしまったから、今日は、もうよい。今後は、呼ばなくても、いつでも来て、仏御前《ほとけごぜん》を慰《なぐさ》めてやってくれ」

祇王《ぎおう》は、返事のしようもなく、涙《なみだ》を抑《おさ》えて退出したのでした。

三

「ああ、恥《は》ずかしい。この先、生きていたら、また苦しい目に遭《あ》うに違《ちが》いない。もう、身投げをして死んでしまいたい」

祇王《ぎおう》が言うと、妹の祇女《ぎにょ》も、

「お姉さんが身投げをするならば、私も死にます」

と同意します。

母は、これを聞いて悲しみ、祇王《ぎおう》に諭《さと》します。

「おまえが身投げをすれば、妹も一緒《いっしょ》に死ぬと言っている。二人の娘《むすめ》を失ったら、年老いた母一人、どうして生きていけましょう。私も一緒《いっしょ》に身投げをします。

でも、考えてみておくれ。親に身投げをさせるのは、親を殺すことであり、五逆罪《ごぎゃくざい》だと、お釈迦《しゃか》さまは教えられています。

五逆罪《ごぎゃくざい》（親殺しの罪）を犯《おか》した者は、来世は、必ず地獄《じごく》へ堕《お》ちると教えられているのですよ。

この世は、仮の宿のようなもの。長い長い生命の流れからいうと、この世の五十年は、一瞬《いっしゅん》の間でしかないのです。

だから、この世で、どんな恥《は》ずかしい目に遭《あ》っても、苦しい目に遭《あ》っても、来世で受ける苦しみと比べたら、どうでもいいような、ちっぽけな苦しみでしかないのですよ。来世で、地獄《じごく》の闇《やみ》に、永く沈《しず》むことのほうが苦しいのですよ」

母は、さめざめと泣いて、いさめるのでした。

祇王《ぎおう》は、

「確かに、そのとおりです。私は五逆罪《ごぎゃくざい》（親殺しの罪）を造るところでした。

自害は思いとどまります。しかし、都にいると、またつらい目に遭《あ》うでしょう。今は、ただ、都の外へ出たいのです」

と言って、そのまま髪《かみ》を切って尼《あま》になったのです。都の北西、嵯峨野《さがの》の山里に、粗末《そまつ》な庵《いおり》を結び、浄土往生《じょうどおうじょう》を願って、念仏の生活を送るようになりました。この時、祇王《ぎおう》、二十一歳でした。

妹の祇女《ぎにょ》も、

「姉が身投げをするなら、私も死ぬと約束した仲です。まして、出家するならば、誰《だれ》が後《おく》れを取りましょうか」

と、十九歳で髪《かみ》を切り、姉と一緒《いっしょ》に嵯峨野《さがの》の庵《いおり》に住み始めました。

これを見て母は、

「若い娘《むすめ》たちでさえ尼《あま》になるのに、年衰《としおとろ》えた母が、白髪《はくはつ》をつけたままでいてもしかたがない」

と言って、四十五歳で髪《かみ》をそり、二人の娘《むすめ》とともに、弥陀《みだ》を深くたのんで念仏して、ひとえに浄土往生《じょうどおうじょう》を願うのでした。

四

かくて春が過ぎ、夏の盛《さか》りが過ぎて、秋の風が吹《ふ》き始《はじ》めました。

夕日が、西の山《やま》の端《は》にかかるのを見ても、

「日の沈《しず》んでいく所は、西方浄土《さいほうじょうど》。いつか私たちも浄土《じょうど》に生まれて、つらい思いをせずに過ごしたい」

と願わずにおれません。祇王《ぎおう》には、同時に、過ぎ去った日々の、苦しさ、つらさが思い出されて、ただ、涙《なみだ》が尽《つ》きないのでした。

夕暮れ時も過ぎ、真っ暗になったので、戸を閉めて、灯火をともし、親子

三人で念仏を称《とな》えていると、トントントントンと、玄関《げんかん》の戸をたたく音がします。親子は、ドキッと、肝《きも》を冷やしました。

「こんな夜更《よふ》けに、私たちを訪ねてくる人がいるはずがありません。きっと、私たちが念仏しているのを妨《さまた》げる魔物《まもの》が来たのです。粗末《そまつ》な庵《いおり》なので、押《お》し破《やぶ》って入ってくるのは簡単なはず。隠《かく》れてもだめです。逆に、こちらから戸を開けて、情けを乞《こ》いましょう。それでも私たちの命を奪《うば》うというのならば、弥陀《みだ》の本願を信じて、南無阿弥陀仏《なむあみだぶつ》の名号を称《とな》えましょう。いいですか。念仏、怠《おこた》りなさるな」

祇王《ぎおう》が、おそるおそる戸を開けてみると、そこに立っていたのは、なんと、魔物《まもの》ではなく、仏御前《ほとけごぜん》ではありませんか。

五

「あなたは、清盛殿《きよもりどの》の屋敷《やしき》にいるはず。どうして、ここへ……。夢でしょうか、現実でしょうか」

驚《おどろ》く祇王《ぎおう》に、仏御前《ほとけごぜん》は、涙《なみだ》を抑《おさ》えて語り始めました。

「私は、薄情《はくじょう》な人間になりたくないので、これまでのことを振《ふ》り返《かえ》って、お詫《わ》びしたいのです。

もともと私は、清盛殿《きよもりどの》から呼ばれてもいないのに、勝手に推参して、追い返された身です。それを、祇王御前《ぎおうごぜん》のお執《と》り成《な》しで呼《よ》び戻《もど》されたのに、私の気持ちに反して、強引《ごういん》にお屋敷《やしき》にとどめられました。私は、ずっと、あなたに申し訳なく、心が苦しかったのです。

祇王御前《ぎおうごぜん》が、清盛殿《きよもりどの》から呼び出され、私のために今様《いまよう》を歌われた時も、とてもつらい思いをしました。いつか、わが身にも、同じことが起きるだろうと思うと、うれしいことなど、一つもありませんでした。

あなたが、襖《ふすま》に書き残された『萌《も》え出《い》ずるも　枯《か》るるも同じ　野辺の草いずれか秋に　あわではつべき』の歌を見るたびに、まことの言葉だな、と思う日々でした。

つくづく考えてみますと、天下を取った清盛殿《きよもりどの》のそばで、豪邸《ごうてい》に住んで、美しい服を着て、多くの人に褒《ほ》められている私の生き方は、このままでいいのだろうかと疑問がわいてきたのです。

娑婆《しゃば》の栄華《えいが》は、夢の夢。楽しみ栄えたからといって、何になるでしょう。『人身《じんしん》受《う》け難《がた》し、仏法《ぶっぽう》聞《き》き難《がた》し』と教えてくださいます。私は、今、生《う》まれ難《がた》い人間に、生を受けることができたのです。さらに、聞《き》き難《がた》い仏法《ぶっぽう》を、聞かせていただくことができたのです。

もし、今生《こんじょう》で仏法《ぶっぽう》を聞《き》き抜《ぬ》いて、弥陀《みだ》の本願に救われることがなかったら、来世は、また地獄《じごく》に沈《しず》んでしまいます。そうなれば、今後、数え切れないほど生まれ変わり、幾億兆年《いくおくちょうねん》も流転《るてん》を続けたとしても、浄土《じょうど》に往生《おうじょう》できることはないでしょう。

私は十七歳ですが、年の若さは、あてにはなりません。『老少不定《ろうしょうふじょう》』と教えられます。老いた者も、若い者も、どちらが先に死ぬか、定まってはいないのが、この世の中です。

死は、一呼吸する間も待ってはくれません。吐《は》いた息が、吸えなかったら来世です。人間の命は、かげろうよりも短く、一瞬《いっしゅん》の稲妻《いなずま》よりもはかないのです。それなのに、一時の楽しみにごまかされて、来世のことが気にならない自分が悲しくてなりません。今朝《けさ》、思い切って、清盛殿《きよもりどの》の屋敷《やしき》を飛び出し、このような姿になってまいりました」

こう言って、仏御前《ほとけごぜん》は、頭からかぶっていた衣《ころも》を取りました。
なんと、髪《かみ》を切って、尼《あま》になっていたのでした。

六

仏御前《ほとけごぜん》は、泣きながら訴《うった》えます。

「これまでのことは、どうか、お許しください。ここで一緒《いっしょ》に、弥陀《みだ》を深くたのんで念仏して、往生《おうじょう》の願いを遂《と》げさせていただけないでしょうか」

祇王《ぎおう》も涙《なみだ》を抑《おさ》えて答えます。

「苦しみ、悩《なや》みが絶えないのは、この世の常と、明らかに見るべきなのに、私は、あなたのことを、恨《うら》んでばかりおりました。しかし、今の話を聞いて、日頃《ひごろ》の恨《うら》みは消え去りました。

私の出家の動機は、あなたに比べれば、取るに足らぬものでした。わが身の不幸を恨《うら》み、逃《に》げるように山にこもってしまったのです。

あなたは違《ちが》う。わずか十七のお年で、この世の無常を見つめて、浄土往生《じょうどおうじょう》を願っています。それが、本来、仏法《ぶっぽう》を求める者の心得です。あなたは、私たちを、真実の仏法《ぶっぽう》へ導いてくださる善知識《ぜんぢしき》です。さあ、中へ入ってください」

四人は、庵《いおり》で一緒《いっしょ》に暮らし、朝夕、仏前にお花、香《こう》を供え、弥陀《みだ》を深くたのんで念仏を称《とな》えていました。遅《おそ》い、早いの違《ちが》いはありましたが、四人の尼《あま》たちは、みな、浄土往生《じょうどおうじょう》の本懐《ほんがい》を遂《と》げたといわれています。

だから、後白河法皇《ごしらかわほうおう》が建立《こんりゅう》した長講堂《ちょうこうどう》の過去帳にも、四人の名前が、同じ所に記されているのです。まことに、尊いことでありました。

原文

つくづく物《もの》を案《あん》ずるに、娑婆《しゃば》の栄華《えいが》は夢《ゆめ》の夢《ゆめ》、楽《たの》しみ栄《さか》えて何《なに》かせん。人身《じんしん》は請《う》けがたく、仏教《ぶっきょう》にはあいがたし。この度《たび》泥梨《ないり》に沈《しず》みなば、多生曠劫《たしょうこうごう》をばへだつとも、うかびあがらん事《こと》かたし。年《とし》のわかきをたのむべきにあらず。老少不定《ろうしょうふじょう》のさかいなり。出《い》ずる息《いき》の入《い》るをもまつべからず。かげろう、いなずまよりなおはかなし。一旦《いったん》の楽《たの》しみにほこって、後生《ごしょう》を知《し》らざらん事《こと》の悲《かな》しさに、けさまぎれ出《い》でてかくなってこそ参《まい》りたれ。

（巻第一　祇王）

第二章　清水寺炎上

壁《かべ》に耳あり　おそろし　おそろし

【主な登場人物】

後白河天皇
退位後も「上皇」として権力を振るう。二条天皇の父

二条天皇
後白河天皇の第一子

平清盛
平家の棟梁

西光
後白河上皇の側近の僧

消える源氏、栄える平家

一

日本では、古くから「天皇」を中心に貴族が政治を行ってきました。この政府を「朝廷《ちょうてい》」といいます。

朝廷《ちょうてい》に従わない者が出てくると、天皇は、武士団に鎮圧《ちんあつ》を命じて、権力を保ってきたのです。武士団には、大きく分けて、源氏と平家の、二つの勢力がありました。

ところが、皇室や貴族の間で、次の天皇を誰《だれ》にするか、高い官職に誰《だれ》が就《つ》くかという争いが起きるようになります。

武士たちは、対立する権力者から誘《さそ》われ、どちらかに味方して、京都などで市街戦を繰《く》り返《かえ》しました。

これが、世にいう保元《ほげん》の乱（一一五六）、平治《へいじ》の乱（一一五九）です。

二つの戦いに勝利したのは、後白河天皇《ごしらかわてんのう》に味方をした平清盛《たいらのきよもり》でした。

源氏は、主な武将は殺されたり、流刑《るけい》に遭《あ》ったりして、全く存在感を失ってしまうのです。

その結果、平清盛《たいらのきよもり》は、後白河天皇《ごしらかわてんのう》から厚く信頼《しんらい》され、とんとん拍子《ひょうし》に出世していきます。地位と権力を得た平家の繁栄《はんえい》は、まさに不動であり、ずっと続くだろうと、誰《だれ》の目にも映っていました。

二

後白河《ごしらかわ》は「天皇」の位を息子《むすこ》に譲《ゆず》ります。引退した天皇は「上皇」となります。

後白河上皇《ごしらかわじょうこう》も、新たに即位《そくい》した二条天皇《にじょうてんのう》も、武士団を率いる平清盛《たいらのきよもり》を重く用いたのは当然でした。

しかし、今度は、二条天皇《にじょうてんのう》が、父の後白河上皇《ごしらかわじょうこう》に反発ばかりするようになったのです。ただの親子喧嘩《おやこげんか》ではありません。

二条天皇《にじょうてんのう》は、「父・後白河《ごしらかわ》の側近に謀反《むほん》を企《たくら》んでいる者がいる」と言って、何人も流刑《るけい》に処してしまいます。すると、父も二条天皇《にじょうてんのう》に報復するという有り様。周囲は、皆《みな》、恐《おそ》れおののき、動揺《どうよう》し、「これは世の末だ」と嘆《なげ》くようになったのです。

原文

昔《むかし》より今《いま》に至《いた》るまで、源平両氏《げんぺいりょうし》朝家《ちょうか》に召《めし》つかわれて、王化《おうか》にしたがわず、おのずから朝権《ちょうけん》をかろんずる者《もの》には、互《たがい》にいましめをくわえしかば、代《よ》の乱《みだ》れもなかりしに、保元《ほうげん》に為義《ためよし》きられ、平治《へいじ》に義朝《よしとも》誅《ちゅう》せられて後《のち》は、すえずえの源氏《げんじ》ども或《あるい》は流《なが》され、或《あるい》はうしなわれ、今《いま》は平家《へいけ》の一類《いちるい》のみ繁昌《はんじょう》して、かしらをさし出《いだ》すものなし。いかならん末《すえ》の代《よ》までも何事《なにごと》かあらんとぞみえし。

（巻第一　二代后）

かいせつ

天皇が権力を振《ふ》るった政治体制は、四百年以上続いてきましたが、いよいよ終わりを告げようとしているのです。「諸行無常《しょぎょうむじょう》」に例外はないことを、『平家物語』は記しています。

僧兵は、どこへ向かうのか

一

世の中を騒《さわ》がせた父子の喧嘩《けんか》も、間もなく終わりを告げます。

あれだけ強気だった二条天皇《にじょうてんのう》が、急に重い病を患《わずら》い、二十三歳の若さで亡《な》くなったのです。まるで、つぼみのまま、花が散ってしまったようでした。

涙《なみだ》に暮れる后《きさき》の悲しみは、いかばかりでしょうか。

その夜、厳粛《げんしゅく》に葬儀《そうぎ》が行われるはずでした。

ところが、こともあろうに、天皇崩御《てんのうほうぎょ》という国家的な儀式《ぎしき》の最中に、延暦《えんりゃく》寺《じ》と興福寺《こうふくじ》の僧侶《そうりょ》が大喧嘩《おおげんか》を演じてしまったのです。有名な「額打論《がくうちろん》」とは、この時の騒動《そうどう》をいうのです。

天皇の亡骸《なきがら》を車に乗せて、皇居から、都の北方、船岡山《ふなおかやま》の墓へ移送する時には、京都と奈良の僧侶《そうりょ》がお供をすることになっていました。墓の周りには、それぞれの寺の名を記した額（立て札）を打ち立てます。

この儀式《ぎしき》には、やかましい慣例がありました。寺の格式によって順番が決められていたのです。

第一は、東大寺《とうだいじ》。

第二は、南都《なんと》（奈良）の興福寺《こうふくじ》。

第三に、比叡山《ひえいざん》の延暦寺《えんりゃくじ》と続きます。

ところが、三番めの延暦寺《えんりゃくじ》が、何を思ったか、興福寺《こうふくじ》を無視して二番めに額を打ってしまったのです。

これには、興福寺《こうふくじ》の僧侶《そうりょ》が激怒《げきど》します。

「先例を破るとは何事だ！」

「こんな恥辱《ちじょく》を受けて、黙《だま》っておれるか！」

もう制止のしようがありません。あちこちで、僧《そう》と僧《そう》が殴《なぐ》り合《あ》い、大乱闘《だいらんとう》が始まりました。

そのうちに、興福寺《こうふくじ》の二人の僧《そう》、観音房《かんのんぼう》、勢至房《せいしぼう》が、すっと抜《ぬ》け出《だ》して、延暦寺《えんりやくじ》の額に向かって走り出します。僧《そう》とはいっても、墨染《すみぞ》めの法衣《ほうえ》の下に鎧《よろい》を着ている乱暴者です。薙刀《なぎなた》や太刀《たち》を手に、

「おのれ、延暦寺《えんりやくじ》め！」

と、跳《と》び上《あ》がって額を切り落とし、粉々に砕《くだ》いてしまいました。

二人の悪僧《あくそう》は、さも心地《ここち》よさそうに、

「うれしや水、なるは滝《たき》の水
日は照るとも、絶えずとうたえ」
と、流行歌を歌い、踊《おど》りながら、興福寺《こうふくじ》の仲間の所へ帰っていきました。

二

これに対し、当然、延暦寺側《えんりゃくじがわ》が反撃《はんげき》するだろうと思われていました。

しかし、何か、深い考えがあるらしく、この時は、一言も反論しなかったのが、かえって不気味な感じを与《あた》えました。

天皇崩御《てんのうほうぎょ》の際には、心なき草木までも、悲しんで当然なのに、僧侶同士《そうりょどうし》が大喧嘩《おおげんか》をするとは、なんと浅ましいことでしょうか。身分の高い者も、低い者も、皆《みな》、あきれ果て、意気消沈《いきしょうちん》して、葬儀場《そうぎじょう》から帰っていったのでした。

この事件から、二日後のことです。

比叡山延暦寺《ひえいざんえんりゃくじ》の僧兵《そうへい》が、大挙して都へ下りてきました。

朝廷《ちょうてい》の武者たちが食い止めようとしましたが、すさまじい勢いで、押《お》し破《やぶ》って乱入してきます。

僧兵《そうへい》は、いったい、どこへ向かうのか。都の人々は、不安にかられ、騒然《そうぜん》としました。

この時、誰《だれ》が言い出したのか、

「後白河上皇《ごしらかわじょうこう》が、比叡山《ひえいざん》に、平家の追討を命じられたのだ。僧兵《そうへい》は、清盛《きよもり》の屋敷《やしき》へ向かっているぞ」

というウワサが、まことしやかに広まったのです。

驚《おどろ》いた清盛《きよもり》は、平家の軍勢を集めて、屋敷《やしき》を守り固めます。

ところが、なんと、後白河上皇《ごしらかわじょうこう》が、「あのうわさは、事実無根だ」と証明するために、清盛《きよもり》の所へ急行してくるではありませんか。上皇が、臣下の屋敷《やしき》へ来るのは、異例中の異例です。それほど、大混乱していたのです。

やがて、都に入った数千の僧兵《そうへい》は、清盛《きよもり》の屋敷《やしき》ではなく、清水寺《きよみずでら》へ押《お》し寄《よ》せ、火を放ってしまいました。清水寺《きよみずでら》は、興福寺《こうふくじ》の末寺だったからです。天皇の葬儀《そうぎ》の時に、額を壊《こわ》された報復であることは明らかでした。単なる喧嘩《けんか》の仕返しに、清水寺《きよみずでら》の仏閣、僧坊《そうぼう》は、一つ残らず焼《や》き払《はら》われてしまったのです。

誰《だれ》の仕業《しわざ》か、翌朝、清水寺《きよみずでら》の焼《や》け跡《あと》に、

「や、観音火坑《かんのんかこう》、変成池《へんじょうち》はいかに」

と大書した立て札が、打ち立てられていました。これは、

「清水寺《きよみずでら》の本尊《ほんぞん》は、観音《かんのん》のはずだ。観音《かんのん》を信仰《しんこう》すれば、火の坑《あな》も池に変わっ

て、火災の難を免《まぬか》れると教えていたではないか。本尊《ほんぞん》も皆《みな》、灰になってしまったが、これは、いったいどういうことか」

と揶揄《やゆ》したものです。

するとと、翌日、清水寺《きよみずでら》から反論がありました。

「歴劫不思議力及《りゃっこうふしぎりきおよ》ばず」

と、大きな立て札に、墨黒々《すみくろぐろ》と書かれています。

「この世は、永遠に続いていくのだ、目の前の、たった一つの現象で、ぶつぶつ言うな。観音《かんのん》のご利益《りやく》の不思議を疑うな。我々人間の知恵《ちえ》の及《およ》ぶところではないのだ」

という意味でしょうが、世間から見れば、ばかばかしい争いとしか思えないのです。

原文

山門《さんもん》の大衆《だいしゅ》、六波羅《ろくはら》へはよせずして、すぞろなる清水寺《せいすいじ》におしよせて、仏閣《ぶっかく》僧坊《そうぼう》一宇《いちう》ものこさず焼《やき》はらう。これはさんぬる御葬送《ごそうそう》の夜《よ》の会稽《かいけい》の恥《はじ》を雪《きよ》めんが為《ため》とぞ聞《きこ》えし。清水寺《せいすいじ》は興福寺《こうふくじ》の末寺《まつじ》なるによってなり。清水寺《せいすいじ》やけたりける朝《あした》、「や、観音火坑変成池《かんのんかこうへんじょうち》はいかに」と札《ふだ》に書《か》いて、大門《だいもん》の前《まえ》にたてたりければ、次《つぎ》の日《ひ》又《また》、「歴劫不思議《りゃっこうふしぎ》力及《ちからおよ》ばず」と、かえしの札《ふだ》をぞうったりける。

（巻第一　清水寺炎上）

かいせつ

日本を代表する大寺院、比叡山《ひえいざん》の延暦寺《えんりゃくじ》も、奈良の興福寺《こうふくじ》も、創立から三百年も四百年も経過すると、仏教の目的を忘れ、俗世間《ぞくせけん》以上に、名《めい》誉《よ》や権力、財力を得ようと争うようになってきました。開祖の精神が、何百年も続くことは、非常に難しいことのようです。

このように伝統ある教団の腐敗《ふはい》、堕落《だらく》が顕著《けんちょ》になってきた頃《ころ》、比叡山《ひえいざん》を下りて、都の片隅《かたすみ》に草庵《そうあん》を結び、阿弥陀仏《あみだぶつ》の本願の救いを説き始めたのが法然上人《ほうねんしょうにん》でした。男も女も、金持ちも貧乏人《びんぼうにん》も、身分の高い人も低い人も、全く差別なく、平等に救われるという教えは、急速に広まっていきます。

祇王御前《ぎおうごぜん》、仏御前《ほとけごぜん》が、浄土往生《じょうどおうじょう》を願って念仏を称《とな》えるようになったのも、法然上人《ほうねんしょうにん》の教えを聞き求めていたからです。

三

後白河上皇《ごしらかわじょうこう》は、清盛《きよもり》の屋敷《やしき》から御所《ごしょ》へ戻《もど》ってから、近臣たちに、

「それにしても、不思議なウワサが流れたものだな。平家を追討するなど、夢にも思っていないことなのに」

とつぶやきました。

すると、側近の中でも辣腕家《らつわんか》の西光法師《さいこうほうし》が、

「『天に口なし、人をもって言わしむ』と申します。近ごろ、平家があまりにも驕《おご》り高《たか》ぶっていますので、天が人をして言わせたものでございましょう」

と、本音を言ってのけました。

周りの人々は、慌《あわ》てて、

「これは、とんでもないことを言われる。壁《かべ》に耳あり。恐《おそ》ろし、恐《おそ》ろし。平家に漏《も》れたら、どうするのだ」

と言い合っていました。

原文

一院還御《いちいんかんぎょ》の後《のち》、御前《ごぜん》にうとからぬ近習者達《きんじゅしゃたち》あまた候《そうら》われけるに、「さても不思議《ふしぎ》の事《こと》を申《もう》し出《いだ》したるものかな。露《つゆ》もおぼしめしよらぬものを」と仰《おお》せければ、院中《いんじゅう》のきりものに西光法師《さいこうほうし》というものあり。境節御前《おりふしごぜん》ちこう候《そうらい》けるが、「天《てん》に口《くち》なし、人《にん》をもっていわせよと申《もう》す。平家《へいけ》以《もっ》ての外《ほか》に過分《かぶん》に候《そうろう》あいだ、天《てん》の御《おん》ぱからいにや」とぞ申《もう》しける。人々《ひとびと》「この事《こと》よしなし。壁《かべ》に耳《みみ》あり。おそろし。おそろし」とぞ、申《もう》しあわれける。

（巻第一　清水寺炎上）

かいせつ

後白河上皇《ごしらかわじょうこう》は、平清盛《たいらのきよもり》の軍事力によって権力を握《にぎ》ることができました。それなのに、清盛《きよもり》の力が大きくなりすぎると、今度は、その存在が邪魔《じゃま》になり、排斥《はいせき》しようとしていきます。

人間なんて、自分に都合がいいか、悪いかで、簡単に、心も態度も変わっていくものなのです。それを証明するかのように、『平家物語』は、史実を基《もと》に語っていきます。

清 水 寺

第二章

平家にあらずは人にあらず

この一門にあらざらん人は
皆《みな》人《にん》非《ぴ》人《にん》なるべし

——平時忠——

【主な登場人物】

平清盛
平家の棟梁。出家して「入道相国」と呼ばれる

平時忠
清盛の妻・時子の弟

竜が雲に上るよりも速し

一

平清盛《たいらのきよもり》は、位人臣《くらいじんしん》を極《きわ》め、最高の官職である「太政大臣《だいじょうだいじん》」にまで上《のぼ》り詰《つ》めました。宮中には、護衛の兵を引き連れ、牛車《ぎっしゃ》に乗ったままで出入りできる身分になったのです。

しかも、清盛《きよもり》一人が栄華《えいが》を極《きわ》めたのではありません。子孫の官職も、竜《りゅう》が雲に上るよりも速《すみ》やかに進み、平家一門は「我が世の春」を謳歌《おうか》していました。

ところが、幸せの絶頂であった清盛《きよもり》は、五十一歳の時に、突然《とつぜん》、重い病にかかります。どんな高価な薬を処方しても、快方に向かいません。権力や財力を持っていても、病気には勝てないのです。命の危機に直面した清盛《きよもり》は、最後は、仏にすがるしかありませんでした。「何とか生き延びたい」と、病《びょう》気平癒《きへいゆ》を祈願《きがん》して、出家したのです。「浄海《じょうかい》」という法名《ほうみょう》をつけました。するど、仏教に帰依《きえ》した功徳《くどく》でしょうか、清盛《きよもり》の病は、たちどころに癒《い》えて、政界に復帰することができたのです。

もはや、清盛《きよもり》に敵対する者はいません。出世を願う人たちは、少しでも清《きよ》盛《もり》に近づき、気に入られようとします。清盛《きよもり》が右へ行けば、皆《みな》、右へ行きます。左を向けば、皆《みな》、左を向きます。まさに、風の吹《ふ》く方向に、全ての草木がなびくような光景でした。

しかも、清盛《きよもり》の弟だ、子供だ、孫だ、というだけで、周囲から持ち上げられ、恐《おそ》れられていました。どんな名門の貴族であっても、平家一門には、面と向かって何かを言える者は、一人もありませんでした。

清盛《きよもり》の妻の弟、平時忠《たいらのときただ》が、

「この平家一門に属さない者は、みな、人非人《にんぴにん》である」

と言ってのけましたが、まさに平家を中心に、世の中が動いていたのです。

こうなると、誰《だれ》もが、何らかの縁《えん》を、平家の門の端《はし》にでも結ばないと、生きていけないような錯覚《さっかく》に陥《おちい》ります。

平家一門には、着物の襟《えり》の重ね方や、頭に被《かぶ》る帽子《ぼうし》の形に至るまで、独特の美しいスタイルがありました。京都の六波羅《ろくはら》に平家の屋敷《やしき》があったので、このスタイルを「六波羅様《ろくはらよう》」といい、人々が皆《みな》、まねるようになっていったのです。

原文

かくて清盛公《きよもりこう》、仁安三年十一月十一日《にんあんさんねんじゅういちがつじゅういちにち》、年五十一《としごじゅういち》にて病《やまい》におかされ、存命《ぞんめい》の為《ため》に忽《たちまち》に出家入道《しゅっけにゅうどう》す。法名《ほうみょう》は浄海《じょうかい》とこそなのられけれ。そのしるしにや、宿病《しゅくびょう》たちどころにいえて、天命《てんめい》を全《まっと》うす。人《ひと》のしたがいつく事《こと》、吹《ふ》く風《かぜ》の草木《くさき》をなびかすがごとし。世《よ》のあまねく仰《あお》げる事《こと》、ふる雨《あめ》の国土《こくど》をうるおすに同《おな》じ。六波《ろくは》羅殿《らどの》の御一家《ごいっけ》の君達《きんだち》といいてしかば、花族《かぞく》も英雄《えいよう》も面《おもて》をむかえ肩《かた》をならぶる人《ひと》なし。されば入道相国《にゅうどうしょうこく》のこじゅうと、平大納言《へいだいなごん》時忠卿《ときただのきょう》ののたまいけるは、「この一門《いちもん》にあらざらん人《ひと》は皆人非《みなにんぴ》人《にん》なるべし」とぞのたまいける。かかりしかば、いかなる人《ひと》も相構《あいかま》えてそのゆかりにむすぼほれんとぞしける。衣文《えもん》のかきよう、烏帽子《えぼし》のためようよりはじめて、何事《なにごと》も六波羅様《ろくはらよう》といいてければ、一天四海《いってんしかい》の人皆《ひとみな》これをまなぶ。

（巻第一　禿髪）

かいせつ

太政大臣《だいじょうだいじん》の別名を「相国《しょうこく》」といい、出家《しゅっけ》した人を「入道《にゅうどう》」と呼びます。「入道相国《にゅうどうしょうこく》」とは出家した太政大臣経験者《だいじょうだいじんけいけんしゃ》を指し、『平家物語』に「入道《にゅうどう》相国《しょうこく》」と出てくれば、平清盛《たいらのきよもり》のことです。

「六波羅《ろくはら》」とは、京都の鴨川《かもがわ》東岸の五条《ごじょう》から七条《しちじょう》付近の地名です。ここに、清盛《きよもり》の屋敷《やしき》があり、平家の館《やかた》が五千以上も建ち並んでいたといわれています。このため、「六波羅《ろくはら》」といえば、清盛《きよもり》や平家の代名詞のように使われるようになりました。

清盛《きよもり》は、後《のち》に、平家の政治拠点《せいじきょてん》を、都の中心部、西八条《にしはちじょう》へ移し、新たな屋敷《やしき》を建てます。現在の京都駅から、西へ徒歩十五分ほどの梅小路公園《うめこうじこうえん》の辺りにありました。

二

昔から、どんな立派な帝王《ていおう》が行う政治であっても、陰《かげ》で悪口を言う者は、必ずいました。

いかに優《すぐ》れた人であっても、好き勝手なことを言う輩《やから》から、非難中傷を受けるものです。これは、いつの時代も変わりません。

それなのに、清盛《きよもり》の全盛時代《ぜんせいじだい》には、平家の悪口を言う者は、少しもいなかったのです。

なぜかというと、清盛《きよもり》が、一切の批判を封《ふう》じ込《こ》める策略を用いたからでした。

十四歳から十六歳くらいの少年を三百人雇《やと》い、

「もし、平家の悪口を言ったり、批判したりする者を見つけたら、密告せよ」

と命じて、都へ放ったのです。

密偵《みってい》となった少年たちは、赤い服を着て、おかっぱ頭のように髪《かみ》を短く切りそろえていました。

こんな目立つ格好をした少年たちが、都に満ちあふれるように行き来していたのです。

そして、ちょっとでも平家の悪口が聞こえてくると、すぐに上司に報告し、大勢で、その家に乱入するのです。家財道具を全て没収《ぼっしゅう》し、批判した張本人を捕《と》らえ、平家の六波羅屋敷《ろくはらやしき》へ引っ立てていったのでした。

このような恐《おそ》ろしい目に遭《あ》いたくないので、たとえ、平家一門の横暴な振《ふ》る舞《ま》いを見て、憤《いきどお》りを感じても、口に出す者は、誰《だれ》もいなかったのです。

原文

またいかなる賢王賢主《けんおうけんじゅ》の御政《おんまつりごと》も、摂政関白《せっしょうかんぱく》の御成敗《ごせいばい》も、世《よ》にあまされたるいたずら者《もの》などの、人《ひと》の聞《き》かぬ所《ところ》にて、なにとのうそしり傾《かたぶ》け申《もう》す事《こと》はつねの習《ならい》なれども、この禅門世《ぜんもんよ》ざかりのほどは、いささかいるかせにも申《もう》す者《もの》なし。その故《ゆえ》は、入道相国《にゅうどうしょうこく》のはかりごとに、十四五六《じゅうしごろく》の童部《わらんべ》を三百人《さんびゃくにん》そろえて、髪《かみ》をかぶろにきりまわし、あかき直垂《ひたたれ》をきせて、めしつかわれけるが、京中《きょうじゅう》にみちみちて往反《おうへん》しけり。おのずから平家《へいけ》の事《こと》あしざまに申《もう》す者《もの》あれば、一人《いちにん》きき出《いだ》さぬほどこそありけれ、余党《よとう》に触《ふ》れ廻《めぐら》して、その家《いえ》に乱入《らんにゅう》し、資財雑具《しざいぞうぐ》を追捕《ついふく》し、その奴《やつ》を搦《からめ》とって、六波羅《ろくはら》へいてまいる。されば目《め》に見《み》、心《こころ》にしるといえど、詞《ことば》にあらわれて申《もう》す者《もの》なし。（巻第一　禿髪）

かいせつ

人間は、権力を握《にぎ》ったら、次に、何を考えるでしょうか。いかにして、権力の座を長続きさせるか、他人に奪《うば》われないようにするかに腐心《ふしん》するようになります。

清盛《きよもり》が、権力の座を一族で独占《どくせん》したのも、必死に守りたいからでした。一切の批判を封《ふう》じ込《こ》めるやり方は、一見、強そうで、実は、非常に弱く、もろいことを示しています。

その証拠《しょうこ》に、平家の繁栄《はんえい》は、わずか二十年あまりで崩壊《ほうかい》します。清盛《きよもり》が大切にしてきた妻、弟、子供、孫など、一族の全てが、敵に殺されていくのです。

『平家物語』の作者が、これから描《えが》いていく物語は、単なる歴史上の出来事ではなく、「あなたにも、同じ心がありませんか」「同じことを繰《く》り返《かえ》すのは、愚《おろ》かですよ」と語りかけているのです。

第四章
鹿ケ谷の陰謀

あら、あまりに
平氏のおおう候《そうろう》に、
もって酔《よ》いて候《そうろう》
——平康頼——

【主な登場人物】
藤原成親
　大納言。後白河法皇の側近
西光
　後白河法皇の側近の僧
俊寛
　法勝寺の執行。「執行」とは、寺の事務を総轄する僧
平康頼
　後白河法皇の側近。院に仕える北面の武士。姓は「平」でも、清盛とは違う家系
静憲
　後白河法皇の側近の僧
多田行綱
　摂津源氏の流れをくむ武士。摂津国多田（現在の兵庫県）を拠点とする

俊寛僧都の山荘へ

一

二条天皇《にじょうてんのう》の死、清水寺炎上《きよみずでらえんじょう》と、都に騒動《そうどう》が続いたあと、平家の繁栄《はんえい》を決定的にする出来事が起きました。

新帝《しんてい》に、清盛《きよもり》の甥《おい》にあたる高倉天皇《たかくらてんのう》が、わずか八歳で即位《そくい》したのです。天皇《てんのう》の母は清盛《きよもり》の妻の妹、父は後白河上皇《ごしらかわじょうこう》でした。

平家は、ついに天皇《てんのう》の外戚《がいせき》（母方の親族）という容易ならざる立場を得たのです。もはや、誰《だれ》を、どの官職に就《つ》けるか、解任するかは、平家の思いのままです。

かの有名な楊貴妃《ようきひ》を思《おも》い浮《う》かべてください。中国で、玄宗皇帝《げんそうこうてい》の寵愛《ちょうあい》を得た楊貴妃《ようきひ》の親族が、絶大な権勢を誇《ほこ》ったのと同じことが、我が国にも起きたのです。


間もなく後白河上皇《ごしらかわじょうこう》は、出家して「法皇」と呼ばれるようになりました。法皇の周りに仕えている貴族たちは、役職も、報酬《ほうしゅう》も、皆《みな》、身に余るほどの待遇《たいぐう》を受けていました。それでも、人間の欲には限りがありません。不平、不満の塊《かたまり》です。

「ああ、あの人が死んだら、あの国の国守の地位が空くであろう」

「あの人が亡《な》くなったら、次は、自分が、あの役職に就《つ》けるのではないか」

と、寄ると触《さわ》ると、ささやき合っていたのです。

後白河法皇《ごしらかわほうおう》も、内々に、こうつぶやいたといいます。

「昔から、朝敵を平定して功績を上げた者は多いが、いまだかつて、今日《こんにち》の平家のように権勢を振《ふ》るった例はないぞ。清盛《きよもり》の思い上がった態度は、もってのほかである」

だからといって、後白河法皇《ごしらかわほうおう》が政界で力を持つことができたのは、平家の武力のおかげですから、あえて戒《いまし》めることもありませんでした。

系図

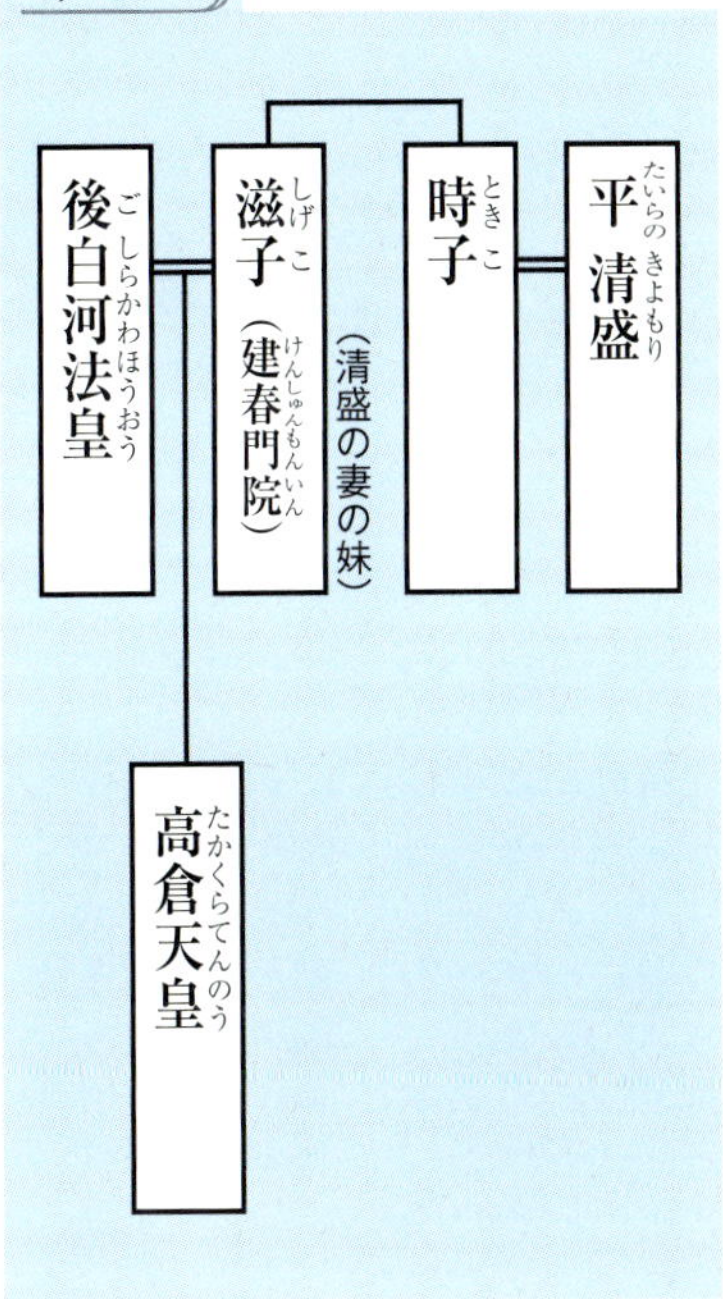

原文

さる程《ほど》に、嘉応元年七月十六日《かおうがんねんしちがつじゅうろくにち》、一院御出家《いちいんごしゅっけ》あり。御出家《ごしゅっけ》の後《のち》も万機《ばんき》の政《まつりごと》をきこしめされしあいだ、院内《いんうち》わく方《かた》なし。院中《いんじゅう》にちかく召《め》しつかわるる公卿殿《くぎょうてん》上人《じょうびと》、上下《じょうげ》の北面《ほくめん》にいたるまで、官位俸禄皆身《かんいほうろくみなみ》にあまるばかりなり。されども人《ひと》の心《こころ》のならいなれば、猶《なお》あきだらで、「あっぱれ、その人《ひと》のほろびたらばその国《くに》はあきなん。その人《ひと》うせたらばその官《かん》にはなりなん」など、うとからぬどちは寄《よ》りあい寄《よ》りあいささやきあえり。

（巻第一　殿下乗合）

二

宮中の警護を司《つかさど》る近衛府《このえふ》には、「左大将」「右大将」という、二人の長官が任命されます。

貴族にとっては、生涯《しょうがい》に一度でいいから手に入れたい名誉職《めいよしょく》でした。大将に任命されると、自分の家の「格」が飛躍的《ひやくてき》に上がるからです。

ある時、左大将を辞任する人がありました。

早速《さっそく》、空いた席をめぐって、貴族の間で、争奪合戦《そうだつがっせん》が始まります。中でも執念《しゅうねん》を燃やしたのが、大納言藤原成親《だいなごんふじわらのなりちか》でした。

成親《なりちか》は、後白河法皇《ごしらかわほうおう》の側近だったので、「きっと、自分に回ってくるだろう」と期待していました。それでも不安だったので、さまざまな祈祷《きとう》を始めたのです。

まず、石清水八幡宮《いわしみずはちまんぐう》に百人の僧《そう》をこもらせて、『大般若経《だいはんにゃきょう》』全巻を七日間かけて読経《どきょう》させました。

さらに成親《なりちか》は、昼は目立つので、夜になると自宅から上賀茂神社《かみがもじんじゃ》へ歩いて参詣《さんけい》し、「左大将に任命されますように」と祈願《きがん》を始めました。満願の七夜め、自宅に戻《もど》って、疲《つか》れて、うとうとと眠《ねむ》っていたところ、夢の中に、上賀《かみが》茂神社《もじんじゃ》が現れたのです。そして、本殿《ほんでん》の扉《とびら》が開き、神々《こうごう》しい声で、こんなお告げが聞こえてくるではありませんか。

さくら花賀茂《かも》の河風うらむなよ

散るをばえこそとどめざりけれ

（散っていく桜の花よ、賀茂河《かもがわ》を吹《ふ》く風をうらむなよ。

神の力をもっても、花が散るのを、止めることはできないのだ）

これは、明らかに「願いをかなえることはできない」という意味です。

しかし、成親《なりちか》は、あきらめることができませんでした。

今度は、上賀茂神社《かみがもじんじゃ》に、霊力《れいりょく》のある聖《ひじり》をこもらせて、百日の祈願《きがん》を命じたのです。本殿《ほんでん》の後方に、杉《すぎ》の大木があります。聖《ひじり》は、その大木の根元の洞穴《ほらあな》に護摩壇《ごまだん》を立て、外道《げどう》の邪法《じゃほう》で祈祷《きとう》を続けました。

ところが、七十五日たった頃《ころ》、突然《とつぜん》、激しい雷鳴《らいめい》がとどろき、杉《すぎ》の木に雷《かみなり》が落ち、護摩壇《ごまだん》もろとも燃え上がってしまいました。火は社殿《しゃでん》をも焼《や》き尽《つ》くす勢いです。驚《おどろ》いた神官が大勢駆《か》けつけ、やっとの思いで消火したのです。

それでも聖《ひじり》は、「百日間の祈祷《きとう》を果たすまで、ここを動かない」と言って立《た》ち退《の》きません。困った神官たちは、白い杖《つえ》で聖《ひじり》の頭を殴《なぐ》り、追い出してしまいました。

成親《なりちか》が、「左大将になりたい」という、身分不相応な祈祷《きとう》をしたために、このような不祥事《ふしょうじ》が起きたといわれています。

三

この頃《ころ》の役職や官位の任命は、法皇や天皇の意向ではなく、まったく平家の思いのままに決められていました。

結局、「左大将」には、それまで右大将だった平重盛《たいらのしげもり》（清盛《きよもり》の長男）が昇進《しょうしん》しました。

これはまだ納得《なっとく》できるとしても、「右大将」の人事が、貴族を驚《おどろ》かせました。中納言《ちゅうなごん》でしかなかった清盛《きよもり》の次男・宗盛《むねもり》が、何人もの頭を飛《と》び越《こ》えて、右大将に任命されたのです。名門の家柄《いえがら》の人々にとっては、これほど大きな恥辱《ちじょく》はありませんでした。

特に、後白河法皇《ごしらかわほうおう》の側近であり、出世に執念《しゅうねん》を燃やしていた大納言成親《だいなごんなりちか》は、激怒《げきど》します。

「私よりも目上の方々が右大将に就《つ》かれたのならば、致《いた》し方《かた》ない。しかし、ずっと下の、平家の次男坊《じなんぼう》に頭を越《こ》されたのは我慢《がまん》できない。こんな理不尽《りふじん》なことが、あっていいのか。平家の横暴は、目に余る。よし、こうなったら、何としても平家を滅《ほろ》ぼして、必ず大将の位を得てみせる！」

成親《なりちか》は、こんなことまで放言していました。考えてみれば、実に恐《おそ》ろしいことです。

成親《なりちか》の父は「中納言《ちゅうなごん》」までしか昇進《しょうしん》できませんでした。それなのに成親《なりちか》は、父を越《こ》えて「大納言《だいなごん》」にまで出世しています。

しかも、多くの領地を与《あた》えられ、経済的にも恵《めぐ》まれているはずです。自分だけでなく、息子《むすこ》までも、後白河法皇《ごしらかわほうおう》に重く用いられています。

このうえ、何が不足で、平家打倒《へいけだとう》を企《たくら》むのでしょうか。これは全く、天魔《てんま》の仕業《しわざ》としか思えないことです。

そもそも成親《なりちか》は、十年ほど前の平治《へいじ》の乱で罪を得て、処刑《しょけい》されるはずでした。そこを、清盛《きよもり》の長男・重盛《しげもり》の執《と》り成《な》しによって命を救われたのです。その恩も忘れて、密《ひそ》かに武器を準備し、兵を集め、平家を滅《ほろ》ぼす企《くわだ》てに専念していくのでした。

かいせつ

成親《なりちか》の妹は、平清盛《たいらのきよもり》の長男・重盛《しげもり》の妻になっています。

それだけでなく、成親《なりちか》は、自分の娘《むすめ》を重盛《しげもり》の長男に嫁《とつ》がせています。

さらに、息子《むすこ》の妻には、清盛《きよもり》の弟の娘《むすめ》を迎《むか》えています。

これほど成親《なりちか》は、平家と深い姻戚関係《いんせきかんけい》にありました。

つまり、平家を滅《ほろ》ぼすということは、自分の妹や、息子《むすこ》、娘《むすめ》の家族をも、悲しみのどん底に突《つ》き落《お》とすことになるのです。そんなことぐらい、分かりそうなものですが、人間は誰《だれ》でも、怒《いか》りの炎《ほのお》に身を焼かれると、後先のことが何も見えなくなってしまうのです。

系図

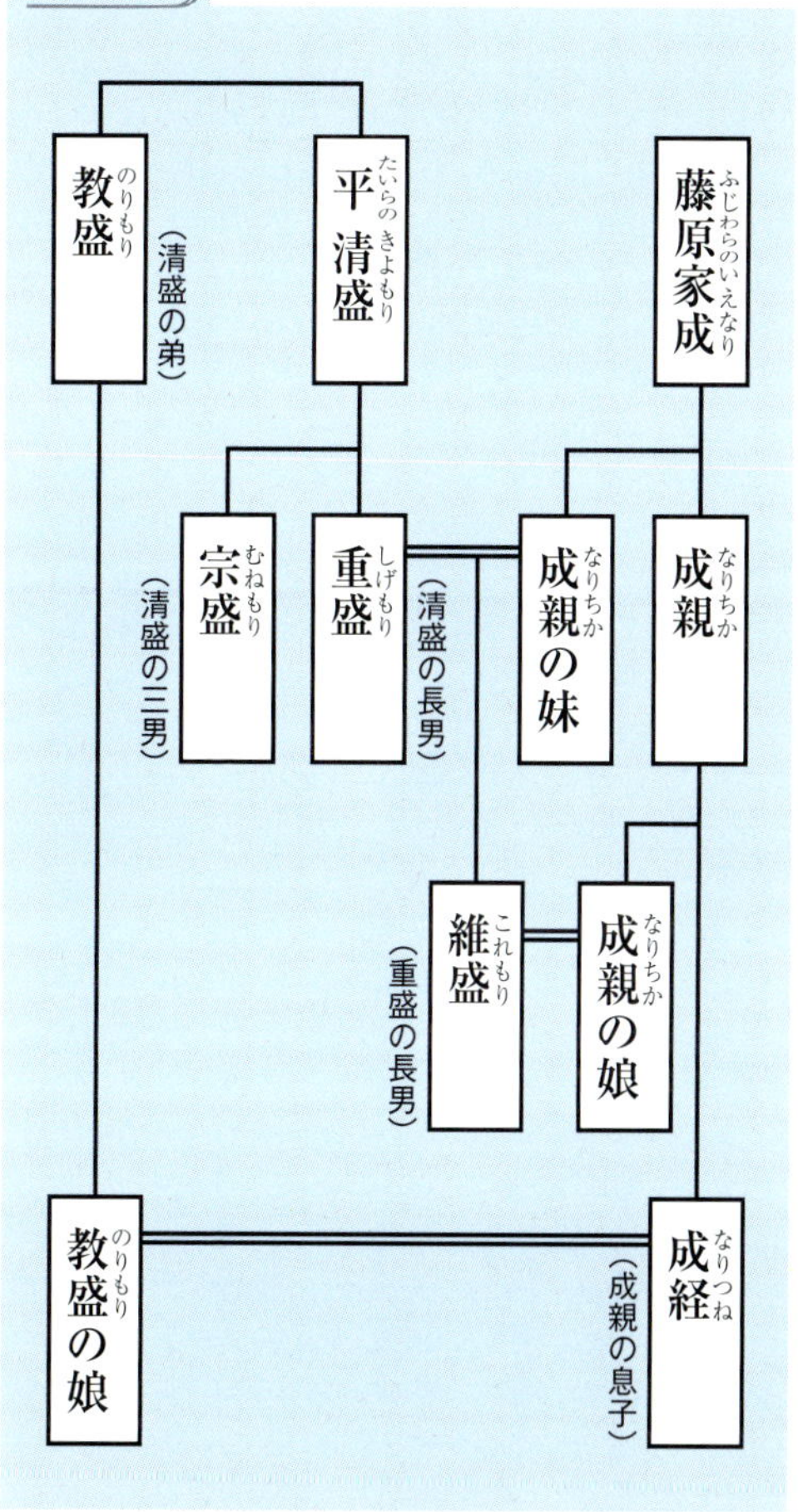

※『平家物語』の原文には、「宗盛」は次男と記されています。実際には、次男が「基盛」、三男が「宗盛」でした。「基盛」が早世したため、次男は「宗盛」とみなされていたと思われます。本書では、「宗盛」を原文に合わせて、次男と記しました。

四

成親《なりちか》は、自分と同じような不平、不満を持っている輩《やから》を集めて、秘密の会合を繰《く》り返《かえ》していました。

その場所に選ばれたのが、東山の麓《ふもと》、鹿《しし》ケ谷《がたに》に建つ、俊寛僧都《しゅんかんそうず》の山荘《さんそう》でした。ここならば、大きな声で語っても、誰《だれ》かに聞かれる心配はありません。

ある日、後白河法皇《ごしらかわほうおう》も、この山荘《さんそう》へ来《き》て、謀議《ぼうぎ》に参加したのです。

夜になると、酒宴《しゅえん》が始まりました。

この席に、法皇が「この人物ならば、きっと味方になってくれる」と信じて、静憲法印《じょうけんほういん》を呼びました。

ところが、平家打倒《へいけだとう》の計画を聞かされた静憲法印《じょうけんほういん》は、

「ああ、とんでもない……。こんなに多くの人が聞いている場所で、そんな

無謀《むぼう》なことを言われるとは！　必ずや、この陰謀《いんぼう》が漏《も》れて、天下の一大事になるでしょう」

と、慌《あわ》てふためき、止めようとしました。

首謀者《しゅぼうしゃ》である成親《なりちか》の顔色が、さっと、変わります。

「これは、まずい！」と感じたのでしょう。すかさず席を立ち、後白河法皇《ごしらかわほうおう》の前に並んでいる素焼《すや》きの瓶子《へいじ》（酒とっくり）を、わざと衣《ころも》の袖《そで》に引っかけて、倒《たお》してしまいました。

床《ゆか》には、瓶子《へいじ》から酒が流れ出ていきます。

法皇が、

「これは、どうしたことか」

と言うと、成親《なりちか》は、

「瓶子《へいじ》（平氏）が倒《たお》れました」

と、澄《す》まして答えます。その心は、「冗談《じょうだん》、冗談《じょうだん》、誰《だれ》も平氏を倒《たお》すなんて言っていませんよ。今宵《こよい》は、瓶子《へいじ》を倒《たお》すほど酔《よ》いつぶれましょうという意味ですよ」とごまかしたかったのです。

これには一同から、どっと笑いが起きます。

法皇も、満足げに、

「皆《みな》の者、猿楽《さるがく》じゃ、猿楽《さるがく》を演じなさい」

と戯《たわむ》れます。猿楽《さるがく》とは、滑稽《こっけい》な寸劇のことです。

早速《さっそく》、平康頼《たいらのやすより》が立って、

「ああ、あまりにも瓶子《へいじ》(平氏)が多いので、悪酔《わるよ》いをしてしまいました」

と戯《たわむ》れます。

続いて、俊寛僧都《しゅんかんそうず》が、

「さて、多すぎる瓶子《へいじ》(平氏)を、いかがいたしましょう」

と応じると、西光法師《さいこうほうし》が、

「瓶子《へいじ》（平氏）の、首を取るのがよろしいでしょう」

と言って、瓶子《へいじ》（酒とっくり）を割って首を落として席に戻《もど》りました。


後白河法皇《ごしらかわほうおう》に、思いとどまるように進言した静憲法印《じょうけんほういん》は、この有り様を見て、あきれ返り、もう何も言うことができませんでした。

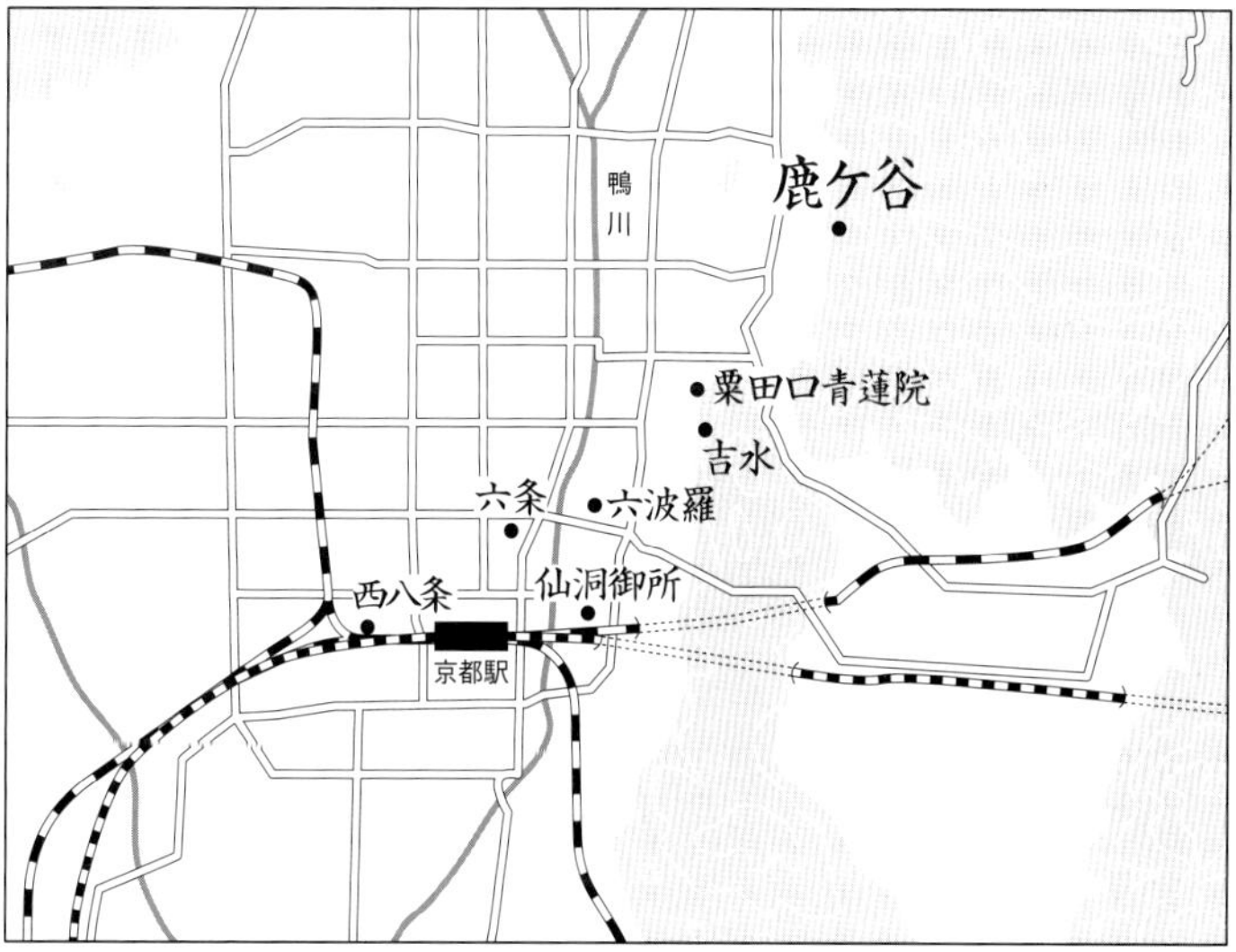

原文

東山《ひがしやま》の麓《ふもと》、鹿《しし》の谷《たに》と云《い》う所《ところ》は、うしろは三井《みい》寺《でら》につづいて、ゆゆしき城郭《じょうかく》にてぞありける。俊寛僧都《しゅんかんそうず》の山荘《さんぞう》あり。かれにつねはよりあいよりあい、平家《へいけ》ほろぼさんずるはかりごとをぞ廻《めぐ》らしける。ある時《とき》法皇《ほうおう》も御幸《ごこう》なる。故少《こしょう》納言入道信西《なごんにゅうどうしんぜい》が子息《しそく》、静憲法印御供仕《じょうけんほういんおんともつかまつ》る。その夜《よ》の酒宴《しゅえん》に、この由《よし》を静憲法印《じょうけんほういん》に仰《おお》せあわせられければ、「あなあさまし。人《ひと》あまた承《うけたまわ》り候《そうらい》ぬ。唯今《ただいま》もれきこえて、天下《てんか》の大事《だいじ》に及《およ》び候《そうらい》なんず」と、大《おおき》にさわぎ申《もう》しければ、新《しん》大納言《だいなごん》けしきかわりて、さとたたれけるが、御前《ごぜん》に候《そうらい》ける瓶子《へいじ》を狩衣《かりぎぬ》の袖《そで》にかけて引《ひ》きたおされたりけるを、法皇《ほうおう》「あれはいかに」と仰《おお》せければ、大納言《だいなごん》立《た》ち帰《かえ》って、「平氏《へいし》たおれ候《そうら》いぬ」とぞ申《もう》されける。法皇《ほうおう》えつぼにいらせおわしまして、「者《もの》どもまいって猿楽《さるがく》つかまつれ」と仰《おお》せければ、平判官康頼《へいほうがんやすより》まいりて、「あら、あまりに平氏《へいし》のおおう候《そうろう》に、もって酔《よ》いて候《そうろう》」と申《もう》す。俊寛僧都《しゅんかんそうず》「さてそれをばいかが仕《つかまつ》らんずる」と申《もう》されければ、西光法師《さいこうほうし》「頸《くび》をとるにしかじ」とて、瓶子《へいじ》のくびをとてぞ入《い》りにける。静憲法印《じょうけんほういん》あまりのあさましさに、つやつや物《もの》を申《もう》されず。返《かえ》す返《がえ》すもおそろしかりし事《こと》どもなり。

（巻第一　鹿谷）

広野に火を放つ

一

鹿ケ谷《ししがたに》の秘密会議には、摂津国《せっつのくに》の武士、多田行綱《ただゆきつな》も参加していました。

成親《なりちか》は、行綱《ゆきつな》を呼んで、

「あなたを一方の大将として頼《たの》みにしている。平家打倒《へいけだとう》が成就《じょうじゅ》したなら、国でも荘園《しょうえん》でも、望みどおりに与《あた》えよう」

と言って、軍資金を渡《わた》し、戦いの準備をさせていました。

ところが、比叡山延暦寺《ひえいざんえんりゃくじ》と後白河法皇《ごしらかわほうおう》との間に大きな騒動《そうどう》が起こり、計画の実行は、延期せざるをえなくなったのです。

比叡山側《ひえいざんがわ》は、加賀《かが》の国司が、不当な行為《こうい》を働いたとして、処罰《しょばつ》を要求してきました。しかし、何度、訴《うった》えても、後白河法皇《ごしらかわほうおう》は応じません。

怒《おこ》った比叡山《ひえいざん》の僧兵《そうへい》は、日吉大社《ひよしたいしゃ》の神輿《みこし》を先頭に担《かつ》いで、御所《ごしょ》へ向かいます。自分たちの要求を通すための強硬手段《きょうこうしゅだん》に出たのです。

御所《ごしょ》の門は、平家の軍勢が、固く守っていました。一歩も中へ入れないという構えで、弓を引《ひ》き絞《しぼ》って威嚇《いかく》します。

僧兵《そうへい》たちは、「まさか、神輿《みこし》に向かって矢を射るはずがない」とたかをくくっていました。

ところが、一瞬《いっしゅん》、空が暗くなるほど、ばしゃばしゃと、矢が飛んできたのです。神輿《みこし》に無数の矢が立ち、神官や僧兵《そうへい》の上にも降ってきました。

乱戦になると、僧兵《そうへい》に負傷者が続出します。だいたい、甲冑《かっちゅう》をつけず、下駄《げた》を履《は》いたままで武者と戦うのは、ばかげています。
僧兵《そうへい》たちは、神輿《みこし》を御所《ごしょ》の門前に打ち捨てて、泣く泣く、比叡山《ひえいざん》へ帰っていきました。

原文

さて神輿《しんよ》を先立《さきだ》てまいらせて、東《ひがし》の陣頭《じんどう》、待賢門《たいけんもん》より入《い》れ奉《たてまつ》らんとしければ、狼籍《ろうぜき》たちまちに出《い》で来《き》て、武士《ぶし》ども散々《さんざん》に射奉《いたてまつ》る。十禅師《じゅうぜんじ》の御輿《みこし》にも箭《や》どもあまた射《い》たてたり。神人《じんにん》・宮仕《みやじ》射《い》ころされ、衆徒《しゅと》おおく疵《きず》を蒙《こうぶ》る。おめきさけぶ声《こえ》梵天《ぼんでん》までもきこえ、堅牢地神《けんろうじじん》も驚《おどろ》くらんとぞおぼえける。大衆神輿《だいしゅしんよ》をば陣頭《じんどう》にふりすて奉《たてまつ》り、泣《な》く泣《な》く本山《ほんざん》へかえりのぼる。

（巻第一　御輿振）

かいせつ

比叡山《ひえいざん》の僧兵《そうへい》が、神輿《みこし》を担《かつ》いで堂々と御所《ごしょ》へ迫《せま》ってくると、天皇も、朝廷《ちょうてい》も、これを阻止《そし》することができませんでした。

なぜなら、神輿《みこし》は、天皇家の信仰《しんこう》の象徴《しょうちょう》だったからです。神輿《みこし》には、天皇であっても庭へ下りて礼拝《らいはい》しなければなりませんでした。

まして、警備の武者が矢を射ることなど、思いもよらないことでした。

「矢を射ても、神の力で横へそれて行って、神輿《みこし》には当たらない」「神《み》輿《こし》に矢を射た者は、血を吐《は》いて死んでしまう」と信じられていたからです。

二

その後も、比叡山《ひえいざん》と後白河法皇《ごしらかわほうおう》の対立が続きます。

法皇《ほうおう》の側近の西光法師《さいこうほうし》は、

「無法な訴《うった》えを起こす比叡山《ひえいざん》を、厳重に処分すべきです」

と進言しました。

これを受けて、「法皇が、比叡山《ひえいざん》を攻《せ》めよと命じられた」というウワサが、まことしやかに広まっていきました。

この騒動《そうどう》のために、成親《なりちか》は、個人的な恨《うら》みから企《くわだ》てた平家打倒《へいけだとう》の計画を、実行できずにいました。

そのうちに、仲間の中から、

「本当に、この人たちと運命をともにして大丈夫《だいじょうぶ》だろうか」と疑問を感じ始めた人物が現れました。成親《なりちか》が、兵を率いる大将として期待していた多田行綱《ただゆきつな》です。すでに軍資金を受け取り、使ってしまっている以上、後には引けません。

行綱《ゆきつな》は悩《なや》みます。

「僧兵《そうへい》を撃退《げきたい》した平家の力は、実に強大だ。平家は、これから、ますます繁栄《はんえい》するだろう。それを今、成親《なりちか》の力で滅《ほろ》ぼすことなど、できるはずがない。つまらないことに加担《かたん》してしまったものだ。もし、謀反《むほん》の計画が漏《も》れたら、真っ先に、この行綱《ゆきつな》が殺されるだろう。何とか、命が助かる方法はないだろうか……。そうだ、他人の口から秘密が漏《も》れる前に、寝返《ねがえ》りして、平家に忠誠を誓《ちか》おう」

こう結論を出した行綱《ゆきつな》は、夜が更《ふ》けてから、清盛《きよもり》の西八条《にしはちじょう》の屋敷《やしき》へ向かったのです。

「行綱《ゆきつな》、申し上げたきことがあって参りました」

門前で面会を申《もう》し込《こ》んでも、清盛《きよもり》は、

「日頃《ひごろ》、来たことのない者が、何の用だろう。聞いてこい」

と言うだけで、奥《おく》から出てきません。

行綱《ゆきつな》は、使いの者に、

「人づてには申し上げられません。一大事が起きているのです」

と告げます。

ようやく清盛《きよもり》は、門まで出てきました。

「夜も、すっかり更《ふ》けてしまった。こんな時刻に、いったい何事だ」

行綱《ゆきつな》は、神妙《しんみょう》な顔つきで答えます。

「昼は、人目につきますので、夜に紛《まぎ》れてやってきました。最近、後白河法《ごしらかわほう》皇《おう》の元で、成親《なりちか》たちが、武器をそろえ、兵を招集しているのは、何のためだとお思いですか」

「それは、法皇が、比叡山《ひえいざん》を攻《せ》められるためだろう」

何の不審《ふしん》も抱《いだ》かずに、清盛《きよもり》は言い切ります。

ここぞとばかり行綱《ゆきつな》は、清盛《きよもり》に身を寄せて、ささやきます。

「いいえ、違《ちが》うのです。すべて、平家の御一門《ごいちもん》へ向けてのことなのです」

「何だと！　それは、法皇もご存じのことか」

「もちろんです。後白河法皇《ごしらかわほうおう》のご命令だと言って、大納言成親《だいなごんなりちか》が兵を集めているのです」

行綱《ゆきつな》は、俊寛僧都《しゅんかんそうず》、平康頼《たいらのやすより》、西光法師《さいこうほうし》などの首謀者《しゅぼうしゃ》が、どんなことを言い、何をやっているか、一部始終を、事実よりも大げさに告白しました。

清盛《きよもり》は、大きな衝撃《しょうげき》を受けました。

「すぐに武者を集めよ」と、大声で叫《さけ》びます。

そのすさまじい気迫《きはく》は、大変なものでした。

行綱《ゆきつな》は、証人として捕《と》らえられはしないかと恐《おそ》れをなし、震《ふる》え上《あ》がってしまいました。広い野原に火を放ってしまったような気がして、誰《だれ》も追ってこないのに、大急ぎで門外へ逃《に》げ出《だ》していきました。

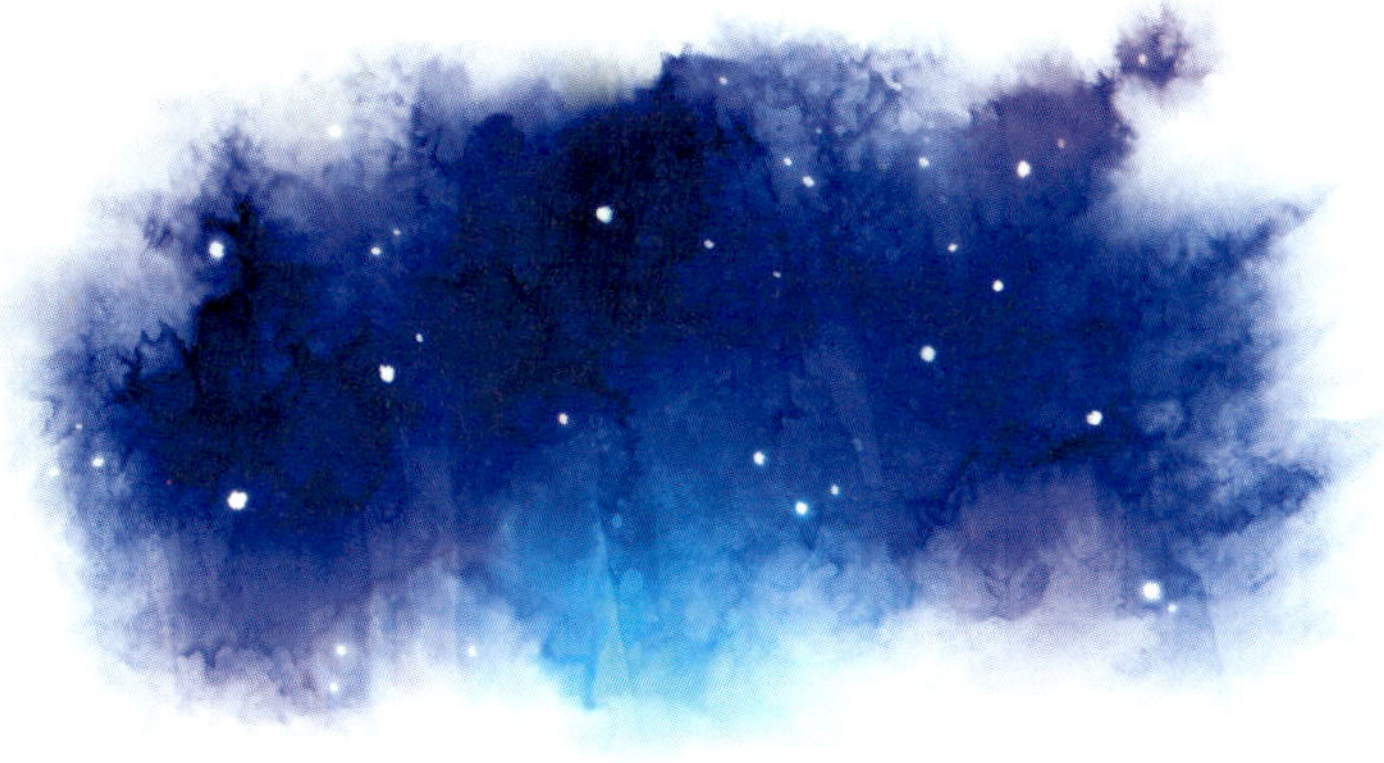

かいせつ

行綱《ゆきつな》は、成親《なりちか》から信頼《しんらい》されていました。挙兵の約束をし、軍資金まで受け取っていました。それは、将来の大きな利益を期待してのことでした。

しかし、「このままでは損をする」「危険だ」と感じると、簡単に裏切っていきます。誓《ちか》い合《あ》った仲間が殺されても、自分だけ助かればいいという心が出てきたのです。全ての人間が、奥底《おくそこ》に持っている心を、行綱《ゆきつな》は見せてくれているのです。

悲しいことですが、生きるためとはいえ、人と人の約束も、「諸《しょ》行《ぎょう》無《む》常《じょう》」の中にあることを示しているのです。

第五章 鳴動する西八条第

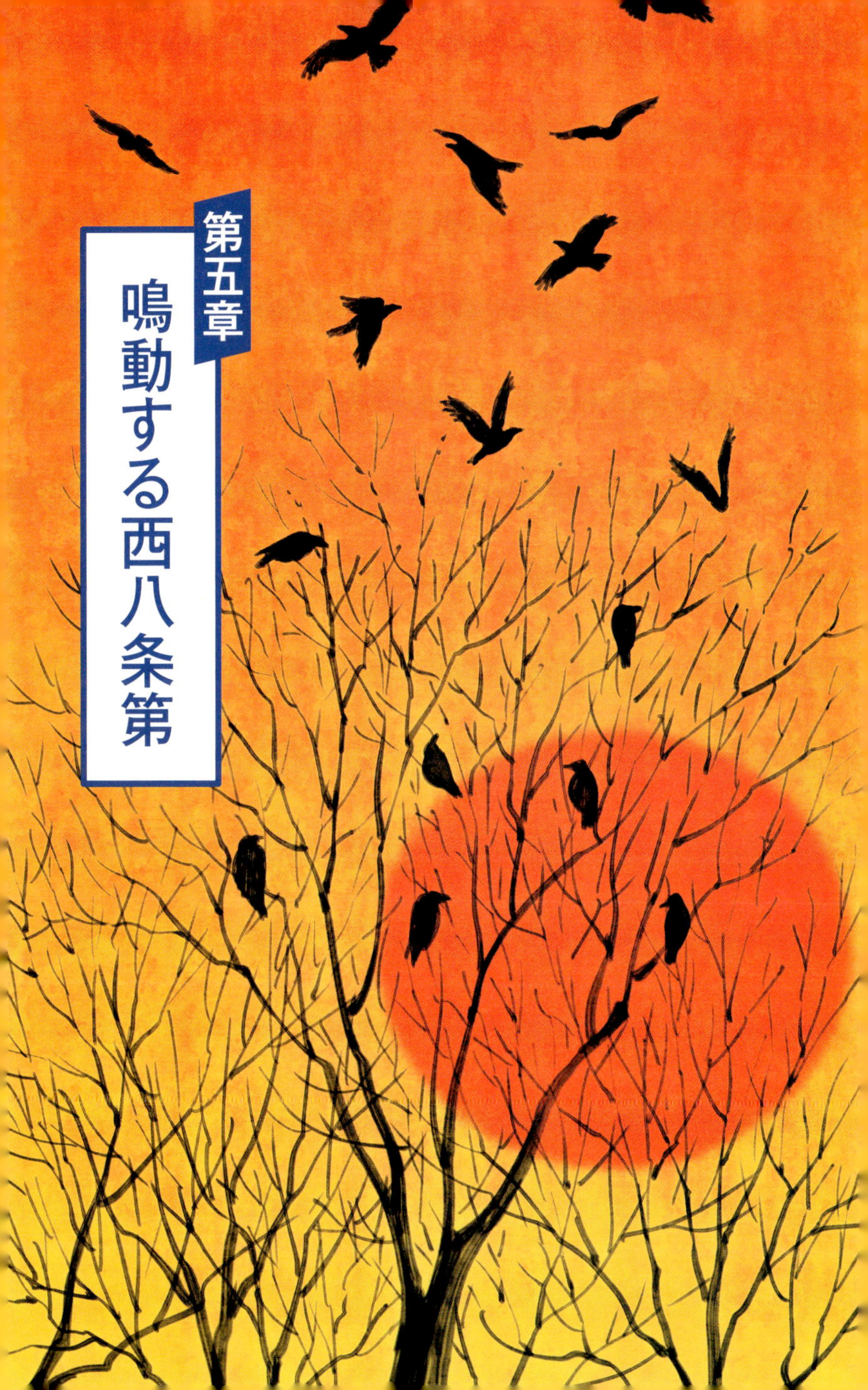

盛《じょう》者《しゃ》必《ひっ》衰《すい》の理《ことわり》は、目の前にこそ顕《あらわ》れけれ

【主な登場人物】

藤原成親
大納言。謀反の首謀者

藤原成経
少将。成親の長男

西光
後白河法皇の側近

平重盛
清盛の長男

即決、一味の逮捕

一

密告により、平家打倒《へいけだとう》の陰謀《いんぼう》を知った清盛《きよもり》は、即座《そくざ》に、

「謀反者《むほんもの》が、都に満ちている。一門に知らせよ。侍《さむらい》どもを招集せよ」

と命じます。

甲冑《かっちゅう》に身をかためた一門の人々が、続々と馳《は》せ参《さん》じてきます。

その夜のうちに、清盛《きよもり》の邸宅《ていたく》・西八条第《にしはちじょうてい》に集結した軍兵《ぐんぴょう》は、六、七千騎《き》もあろうかと見えました。

明けて六月一日。

まだ暗いうちから、清盛《きよもり》は、都の治安を守る検非違使《けびいし》を呼び出し、指示を与《あた》えます。

「急いで御所《ごしょ》へ行って、後白河法皇《ごしらかわほうおう》に、こうお伝えしてくれ。『側近の人々が、平家一門を滅《ほろ》ぼし、天下を乱そうと企《くわだ》てています。今から、一人ひとり、逮捕《たいほ》して尋問《じんもん》し、処罰《しょばつ》いたします。法皇は、干渉《かんしょう》なさらないでいただきたい』とな」

検非違使《けびいし》は、御所《ごしょ》へ急行します。

後白河法皇《ごしらかわほうおう》は、心の中で、

「ああ、極秘《ごくひ》の計画が漏《も》れてしまったか……」

と驚《おどろ》きながら、そ知らぬ顔で、

「ほう、それはいったい、どういうことなのか」

とばかり言って、ハッキリした返事をしませんでした。

二

清盛《きよもり》は、まず、謀反《むほん》の首謀者《しゅぼうしゃ》、大納言藤原成親《だいなごんふじわらのなりちか》の屋敷《やしき》へ使者を出し、

「相談したいことがあります。至急、お越《こ》しください」

と伝えました。

成親《なりちか》は、自分が捕《と》らえられるとは、夢にも思っていません。

「ああ、これは、法皇と比叡山《ひえいざん》の関係を心配されてのことであろう。私に、何ができるか分からんが、行ってくるか」

と言って、美しい衣服を、ゆるやかに着こなし、鮮《あざ》やかな色合いの牛車《ぎっしゃ》に乗

って出かけました。供として連れていった三、四人の侍《さむらい》や、使用人に至るまで、常日頃《つねひごろ》より着飾《きかざ》らせていました。

清盛《きよもり》の屋敷《やしき》に近づくと、なぜか、辺りは武者で満ち満ちています。

「おかしいな。何かあったのだろうか……」

さすがに、成親《なりちか》は、胸騒《むなさわ》ぎがしてきました。

牛車《ぎっしゃ》から降りて、門の内へ入って見ると、立錐《りっすい》の余地もないほど、兵が詰《つ》めかけています。

見るからに恐《おそ》ろしそうな武士が、成親《なりちか》の左右の手を取って引っ張り、

「縛《しば》り上《あ》げましょうか」

と言うではありませんか。

清盛《きよもり》が、

「いや、縛《しば》ってはいけない」

と言うので、十四、五人の武士が成親《なりちか》を取り囲んで、狭《せま》い部屋《へや》に押《お》し入《い》れて監禁《かんきん》してしまいました。

成親《なりちか》は、心ここにあらず、という様子で、ただ呆然《ぼうぜん》としているだけでした。供をしてきた侍《さむらい》や使用人たちは、青ざめ、狼狽《ろうばい》して、牛車《ぎっしゃ》を捨てて、皆《みな》、逃《に》げ帰《かえ》ってしまいました。

三

清盛《きよもり》は、平家の軍勢を、二百騎《き》、三百騎《き》と、あちこちへ派遣《はけん》して、鹿ケ谷《ししがたに》の謀議《ぼうぎ》に参加した輩《やから》を、次々に逮捕《たいほ》していきます。

西光法師《さいこうほうし》が、強く縛《しば》られ、庭先に引《ひ》き据《す》えられました。鹿ケ谷《ししがたに》の酒宴《しゅえん》で、

「瓶子《へいじ》(平氏)の、首を取るのがよろしいでしょう」

と言って、瓶子《へいじ》(酒とっくり)を割って首を落とした、あの西光《さいこう》です。

清盛《きよもり》は、履《は》き物《もの》を履《は》いたまま、西光《さいこう》の顔を踏《ふ》みつけて、

「法皇が、そなたを高い官職に就《つ》けてくださったのをいいことに、ますます自惚《うぬぼ》れて、謀反《むほん》を企《たくら》んだ憎《にく》いやつめ。事実を、ありのままに白状しろ」

と罵《ののし》ります。

西光《さいこう》は、少しも顔色を変えません。

「あなたこそ、身分不相応な振《ふ》る舞《ま》いをなさっている」

と、嘲《あざけ》り笑《わら》いながら、清盛《きよもり》の非を言い立てました。

清盛《きよもり》は、あまりの怒《いか》りで、言葉を失ってしまいました。

しばらくしてから、

「こいつの首を、簡単に斬《き》るな。縛《しば》りつけて、全てを白状させせよ」

と命じます。

厳しい拷問《ごうもん》を受け、西光《さいこう》は、謀反《むほん》の計画の一部始終を全て語りました。そ

の自白が、四、五枚の紙に記録されるや、直ちに処刑《しょけい》されたのです。

四

先に捕《と》らえられ、狭《せま》い一室に監禁《かんきん》されている成親《なりちか》は、

「こんなことになったのは、秘密が漏《も》れたからに違《ちが》いない。誰《だれ》がしゃべったのだろう。あいつかな、こいつかな……」

と、犯人捜《はんにんさが》しをしていました。

すると廊下《ろうか》から、板を踏《ふ》みならして、高らかな足音がしてきます。成親《なりちか》は、

「ああ、ついに来たか。私を処刑《しょけい》する武士が迎《むか》えに来たのだろう」

と震《ふる》えていました。

ところが、襖《ふすま》を、さっと開けて入ってきたのは、なんと、清盛《きよもり》でした。

激しい怒《いか》りに燃えている形相《ぎょうそう》です。

しばらく何も言わずに、成親《なりちか》をにらみつけています。

やがて、こう、問いただしました。

「そもそも、おまえは、平治《へいじ》の乱の時に、罪を得て、処刑《しょけい》されるはずだったのだ。それを、重盛《しげもり》が『わが身に代えても、命だけは救ってほしい』と嘆願《たんがん》したから、首がつながったのだぞ。そのことを、どうお考えなのかな。それなのに何の恨《うら》みがあって、平家一門を滅《ほろ》ぼそうとして、秘密裏《ひみつり》に計画を進めていたのだ。恩を知る者を人といい、恩を知らぬ者は畜生《ちくしょう》より劣《おと》る、といわれるではないか。さあ、どんな陰謀《いんぼう》を企《たくら》んでいたのか、直接、聞こうではないか」

ここまで言われても、成親《なりちか》は、

「そのようなことは、全く、身に覚えがありません。そんな陰謀《いんぼう》など、考えたこともありません。きっと、何者かの讒言《ざんげん》です。私を貶《おとし》めるためにウソを言ったのでしょう。よくよくお調べください」

と、言《い》い逃《のが》れようとします。

あきれた清盛《きよもり》は、最後まで聞かずに、

「誰《だれ》かいるか。西光《さいこう》めの自白状を持ってまいれ」

と命じました。

西光《さいこう》の自白状には、成親《なりちか》が首謀者《しゅぼうしゃ》となり、鹿ケ谷《ししがたに》の山荘《さんそう》で密議を重ね、平《へい》家打倒《けだとう》を企《たくら》んでいた計画の一部始終が、克明《こくめい》に記されています。

清盛《きよもり》は、その記録を、二度も三度も、繰《く》り返《かえ》し読んで聞かせ、

「憎《にく》たらしいやつだ。これでも、知らぬ、存ぜぬと言い張るつもりか」

と、成親《なりちか》の顔に、自白状を投げつけました。よほど腹が立ったと見え、清盛《きよもり》は、そのまま襖《ふすま》をバタッと閉めて出ていってしまいました。

かいせつ

ことわざに、「おごる平家は久しからず」とあります。地位や財力を誇《ほこ》って、思い上がった振《ふ》る舞《ま》いをする者は、長続きしない、必ず破綻《はたん》する、と戒《いまし》めた言葉です。

「おごる平家は久しからず」と聞くと、ついつい、「そうだ、そうだ、清盛《きよもり》が調子に乗って、勝手なことばかりしたから、平家は滅《ほろ》んだのだ」と思いがちです。

しかし、『平家物語』を読んでいくと、平家だけが、自惚《うぬぼ》れて、思い上がって、身を滅《ほろ》ぼしたのではないことが分かってきます。西光《さいこう》も、成親《なりちか》も、結局、清盛《きよもり》と同じように、地位や権力に驕《おご》り、都合の悪い相手を排斥《はいせき》しようとして、自滅《じめつ》していきました。

『平家物語』は、当時の人物の生き方、生涯《しょうがい》を、一つの証拠《しょうこ》として描《えが》き、全ての人間の営みは「盛者必衰《じょうしゃひっすい》」の中にあることを、私たちに伝えているのです。

成親の涙、妻子の涙

一

その後、清盛《きよもり》の長男・重盛《しげもり》が、武士を一人も連れずに、落《お》ち着《つ》き払《はら》って、西八条《にしはちじょう》の屋敷《やしき》に着きました。

清盛《きよもり》はじめ、一門の人々は、意外な気持ちで、これを迎《むか》えました。

「どうして、これほどの大事に、武者を連れてこられないのですか」

と聞かれると、重盛《しげもり》は、

「大事とは天下、国家の大事をいうのだ。平家一門に関することは私事である。今回のような私事を、大事とは論外である」

と言ったので、武装していた者はみな、たじろいだように見えました。

重盛《しげもり》は、成親《なりちか》が入れられている部屋《へや》へ向かいます。

襖《ふすま》を開けると、成親《なりちか》は、涙《なみだ》にむせんで、うつぶせになっていました。

「いかがなされたか」

と、優《やさ》しく声をかけると、妹の夫・重盛《しげもり》が来てくれたと知って、急に、うれしそうな顔になりました。まるで地獄《じごく》の罪人が、仏に会ったような喜び方です。

「なぜか、このような、ひどい目に遭《あ》っております。どうか、お救いくださ い。今度こそ、命さえ助かれば、出家して、ひたすら後世《ごせ》の往生《おうじょう》を願って、仏教を求めたいと思います」

成親《なりちか》は、平治《へいじ》の乱の時と同じように、命乞《いのちご》いをするのでした。

重盛《しげもり》は、父・清盛《きよもり》の元へ行き嘆願《たんがん》します。

「成親殿《なりちかどの》の先祖は代々、朝廷《ちょうてい》に仕えています。今は、大納言《だいなごん》に昇進《しょうしん》し、後白河法皇《ごしらかわほうおう》の並びない寵臣《ちょうしん》です。直ちに首をはねられるのは、いかがなものでしょうか。都の外へ追放なさるということでじゅうぶんではないでしょうか。重盛《しげもり》は、あの成親《なりちか》の妹を妻にしています。しかし、そのような個人的な縁《えん》から申し上げているのではありません。世のため、君のため、家のためを思って申すのです。

他人に過酷《かこく》な仕打ちをしたために、その報《むく》いが、やがて自分に返ってきた事例は、歴史上、幾度《いくど》もありました。そのようなことが、わが家に巡《めぐ》ってくることが恐《おそ》ろしいのです。

父上は、栄華《えいが》を極《きわ》められましたので、思い残されることはないでしょう。しかし私は、この繁栄《はんえい》が、子々孫々に至るまで続いてほしいと願っています。『善を積んだ家には必ずよい報《むく》いがあり、悪を重ねた家には必ず災《わざわ》いが及《およ》ぶ』と聞いています。

成親《なりちか》は、朝敵というほどの者ではありません。どうか、今夜、首をはねられるのだけは、やめていただきたいのです」

清盛《きよもり》は、もっともだと思ったらしく、成親《なりちか》を死刑《しけい》にすることだけは、思いとどまりました。

二

一方、成親《なりちか》の供をして西八条第《にしはちじょうてい》へ向かった侍《さむらい》や使用人たちは、急いで、屋《や》敷《しき》へ逃《に》げ帰《かえ》ってきました。

主人が捕《と》らわれたことを報告し、

「追っ手の武士が、こちらに向かっております。お子様たちも、皆《みな》、捕《と》らえられると聞いています。どうぞ、早く、お逃《に》げください」

と勧《すす》めます。

成親《なりちか》の妻は、

「自分だけが、安穏《あんのん》と生き残っても、何になりましょう。夫と同じ一夜の露《つゆ》と消えることこそ、本望《ほんもう》です。それにしても、今朝《けさ》、家の門でお別れしたのが、今生《こんじょう》での最後の別れであったとは、何と悲しいことでしょうか」

と言って倒《たお》れ伏《ふ》し、体を震《ふる》わせて、泣きじゃくるのでした。

泊《と》まりがけで御所《ごしょ》の任務に就《つ》いている長男の少将成経《しょうしょうなりつね》が、どうなったか、とても気になります。しかし、このまま、ここにいると、追っ手に捕《と》らえられ、つらい目に遭《あ》うのは明らかです。

成経《なりつね》の無事を念じつつ、やむなく、十歳になる女子と八歳の男子を牛車《ぎっしゃ》に乗せ、当てもなく走らせました。

いつまでも、さまようこともできないので、北山《きたやま》へ向かいました。その辺りの寺に、成親《なりちか》の妻や子供を降ろすと、付《つ》き添《そ》ってきた家来たちは、皆《みな》、暇《いとま》をもらって帰っていきました。やはり、わが身が大事なのです。これ以上、罪人の家に関わると、どんな災難が振《ふ》りかかるか分かりません。

かくて、幼い子供だけが残り、誰《だれ》も声をかけてくれる人もいなくなりました。あまりにも急な変化に、成親《なりちか》の妻は、どんなに寂《さび》しい思いをしていたでしょうか。

山寺から赤い夕焼けを見ていると、

「夫の命は、夕日が沈《しず》むまで持つだろうか。すでに処刑《しょけい》されたのだろうか」と思われ、わが身も消えゆくようなつらさを感じます。

大納言成親《だいなごんなりちか》の屋敷《やしき》には、多くの使用人や侍《さむらい》がいましたが、もはや、室内を片付けたり、門を閉めたりする者はいません。馬は、厩《うまや》に何頭もつながれていますが、飼い葉を与《あた》える者も、一人もいません。

つい昨日までは、門前に来客の馬や車がズラリと並び、訪《おとず》れた客が座敷《ざしき》に座《すわ》れ切《き》れないほどでした。皆《みな》で、遊《あそ》び戯《たわむ》れ、舞《ま》い踊《おど》り、周りのことも考えずに驕《おご》り高《たか》ぶった振《ふ》る舞《ま》いをしていました。この屋敷《やしき》の近くに住む人は、成親《なりちか》の威勢《いせい》に恐《おそ》れおののき、大きな声を出すのにも気を遣《つか》うという有り様でした。それが、一夜のうちに、一変してしまったのです。

まことに今、盛者必衰《じょうしゃひっすい》の道理が、目の前に、歴然と現れたとしか思えませんでした。

原文

さる程《ほど》に、大納言《だいなごん》のともなりつる侍共《さぶらいども》、中御門烏丸《なかみかどからすまる》の宿所《しゅくしょ》へはしり帰《かえ》って、この由申《よしもう》せば、北《きた》の方以下《かたいげ》の女房達《にょうぼうたち》、声《こえ》もおしまず泣《な》きさけぶ。「既《すで》に武士《ぶし》のむかい候《そうろう》。少将殿《しょうしょうどの》をはじめまいらせて、君達《きんだち》も皆《みな》とられさせ給《たま》うべしとこそ聞《きこ》え候《そうら》え。いそぎいず方《かた》へもしのばせ給《たま》え」と申《もう》しければ、「今《いま》はこれ程《ほど》の身《み》になって、残《のこ》りとどまる身《み》とても、安穏《あんのん》にて何《なに》にかはせん。ただ同《おな》じ一夜《ひとよ》の露《つゆ》ともきえん事《こと》こそ本意《ほんい》なれ。さても今朝《けさ》をかぎりとしらざりけるかなしさよ」とて、ふしまろびてぞなかれける。既《すで》に武士共《ぶしども》のちかづくよし聞《きこ》えしかば、かくてまた恥《はじ》がましく、うたてき目《め》を見《み》んもさすがなればとて、十《じゅう》になり給《たま》う女子《にょし》、八歳《はっさい》の男子《なんし》、車《くるま》にとりのせ、いずくをさすともなくやり出《いだ》す。さてもあるべきならねば、大宮《おおみや》をのぼりに、北山《きたやま》の辺《へん》、雲林院《うんりんいん》へぞおわしける。その辺《へん》なる僧坊《そうぼう》におろしおき奉《たてまつ》って、おくりの者《もの》どもも、身々《みみ》の捨《す》てがたさにいとま申《もう》して帰《かえ》りけり。今《いま》はいとけなきおさなき人々《ひとびと》ばかりのこりいて、またこととう人《ひと》もなくしておわしけん北《きた》の方《かた》の心《こころ》のうち、おしはかられて哀《あわ》れなり。暮《く》れ行《ゆ》く陰《かげ》を見給《みたま》うにつけては、大納言《だいなごん》の露《つゆ》の命《いのち》、この夕《ゆうべ》をかぎりなりとおもいやるにも、きえぬべし。宿所《しゅくしょ》には女房侍《にょうぼうさぶらい》おおかりけれども、物《もの》をだにとりしたためず、門《かど》をだにおしも立《た》てず。馬《うま》どもは厩《うまや》になみたちたれども、草《くさ》かう者一人《ものいちにん》もなし。夜明《よるあ》くれば、馬《うま》・車門《くるまかど》にたちなみ、賓客座《ひんかくざ》につらなって、あそびたわぶれ、舞《ま》いおどり、世《よ》を世《よ》とも思《おも》い給《たま》わず、ちかきあたりの人《ひと》は物《もの》をだにたかくいわず、おじおそれてこそ昨日《きのう》までもありしに、夜《よ》の間《ま》にかわるありさま、盛者必衰《じょうしゃひっすい》の理《ことわり》は目《め》の前《まえ》にこそ顕《あらわ》れけれ。

（巻第二　小教訓）

三

逮捕《たいほ》された翌日、六月二日の朝を迎《むか》えました。

成親《なりちか》は、死刑《しけい》を免《まぬか》れ、流罪《るざい》と決まりました。

車に乗せて、前後左右を兵が囲んで移送されます。身内の者は、一人も付き従っていません。

成親《なりちか》は、車が御所《ごしょ》の前を過ぎると、

「ああ、この御所《ごしょ》へ法皇が赴《おもむ》かれる時は、一度も、お供から漏《も》れることがなかったのに……」

と悲嘆《ひたん》に暮れます。

州浜殿《すはまどの》と名づけられた自分の別荘《べっそう》の前も、「全てが、夢だったのだろうか」

という気持ちで眺《なが》めて、通り過ぎていきました。

淀川《よどがわ》のほとりに着くと、護衛の兵士たちが、船の用意を急がせます。

成親《なりちか》は、そば近くにいる武士に、

「大勢の人が集まっているが、あの中に、誰《だれ》か、私の身内の者がいないか、尋《たず》ねてきてくれないか。船に乗る前に、身内の者に言い残したいことがあるのだ」

と頼《たの》みました。しかし、どれだけ呼びかけても、自分が成親《なりちか》の身内である、と申し出る者は一人もいませんでした。

成親《なりちか》は、

「私が、世に栄えていた時には、付き従っていた者は、千人、いや二千人もいたはずだ。それが、このように落ちぶれたら、よそながら見送ってくれる者さえ、一人もいなくなるのか……。なんと悲しいことだろう」

と言って泣きだしてしまいます。

これを見て、勇猛《ゆうもう》な武士たちも、皆《みな》、思わず涙《なみだ》を流し、鎧《よろい》の袖《そで》をぬらしたのでした。

小さな船に押《お》し込《こ》められ、今日を限りに都を出て、波路《なみじ》はるかに配所へ向かう成親《なりちか》の心境は、とても哀《あわ》れなものでありました。

備前《びぜん》（現在の岡山県）の児島《こじま》へ流されることになったのです。

原文

「我世《われよ》なりし時《とき》は、従《したが》いついたりし者《もの》ども、一二千人《いちにせんにん》もありつらん。いまはよそにてだにも、この有《あり》さまを見送《みおく》る者《もの》のなかりけるかなしさよ」とて泣《な》かれければ、猛《たけ》きもののふどももみな袖《そで》をぞぬらしける。身《み》にそう物《もの》とては、ただつきせぬ涙《なみだ》ばかりなり。

（巻第二　大納言流罪）

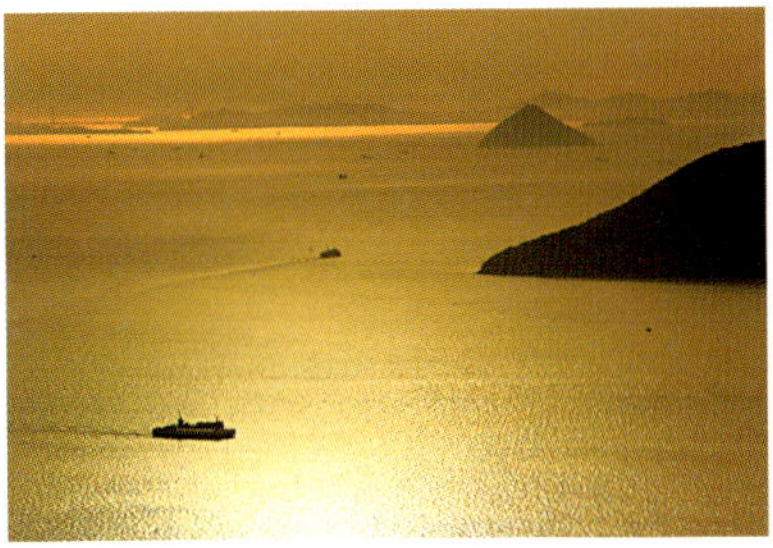

かいせつ

謀反《むほん》を企《くわだ》てた成親《なりちか》が、つらい、苦しい目に遭《あ》うのは、自業自得《じごうじとく》といえます。

しかし、成親《なりちか》の妻にとっては、まさに「青天の霹靂《へきれき》」でした。突然《とつぜん》、夫も、家も、財産も失い、将来への希望も断《た》たれてしまいます。

平安な日々も、いつ破れるかわかりません。これを「無常」というのです。

『平家物語』は、「祇園精舎《ぎおんしょうじゃ》の鐘《かね》の声《こえ》、諸行無常《しょぎょうむじょう》の響《ひび》きあり」で始まります。美しい「鐘《かね》の声」に例えられた「無常の響《ひび》き」とは、本当は、情け容赦《ようしゃ》もない響《ひび》きであったことを、物語が進むにつれ、読者は、徐々《じょじょ》に知らされていくのです。

第六章 鬼界が島の流人

さつまがた
おきのこじまに
我ありと
おやにはつげよ
やえのしおかぜ

——平康頼——

【主な登場人物】

藤原成親
大納言。謀反の首謀者

平教盛
宰相。清盛の弟

藤原成経
成親の長男。鬼界が島へ流刑

俊寛
法勝寺の僧。鬼界が島へ流刑

平康頼
後白河法皇の側近。鬼界が島へ流刑

父と子の絆

一

鹿ケ谷《ししがたに》の陰謀《いんぼう》の首謀者《しゅぼうしゃ》、大納言藤原成親《だいなごんふじわらのなりちか》は、死刑《しけい》に処せられるところ、罪一等を減じられて、流罪《るざい》となりました。

次に、注目されるのが、成親《なりちか》の長男・少将成経《しょうしょうなりつね》の処分です。

清盛《きよもり》は、断固、処刑《しょけい》するつもりでした。

しかし、清盛《きよもり》の弟、宰相教盛《さいしょうのりもり》が、こう嘆願《たんがん》したのです。

「私の娘《むすめ》が、成経《なりつね》に嫁《とつ》いでいます。今、妊娠中《にんしんちゅう》なのです。その娘《むすめ》が、今朝《けさ》から、『夫が処刑《しょけい》されるのではないか』と恐《おそ》れ、命が消え入るほど苦しんでいます。親として、見ておれません。どうか成経《なりつね》を、しばらく私にお預けください」

清盛《きよもり》は、

「成親《なりちか》は、平家一門を滅《ほろ》ぼして、天下を乱そうとしたのだ。成経《なりつね》は、まさに、その大罪人の嫡子《ちゃくし》ではないか。もし謀反《むほん》が実行されていたら、そなたも無事ではなかったのだぞ」

と言って、突《つ》っぱねました。

教盛《のりもり》は、こう答えます。

「これまで私は、度々《たびたび》の合戦で、兄上のお命の代わりになろうと覚悟《かくご》して戦ってきました。それなのに、今、お許しを頂けないのは、私に二心ありと思っていらっしゃるからでしょうか。そのように疑われては、もはや俗世《ぞくせ》にあってもしかたありません。私は出家して、浄土往生《じょうどおうじょう》を願って仏教を求めていきます」

驚《おどろ》いた清盛《きよもり》は、

「あまりにも極端《きょくたん》なことを言うな。それならば、成経《なりつね》を、しばらく、そなたに預ける」

と、折れたのでした。

願いがかなったものの、教盛《のりもり》は、

「ああ、子というものは、持つべきでないな……。わが子の縁《えん》に縛《しば》られなかったら、これほど心を砕《くだ》いて、苦しい思いをしなかっただろう……」

と嘆《なげ》きながら、西八条《にしはちじょう》の屋敷《やしき》を出ていきました。

二

「これで、ひとまず安心だ」

という思いで、教盛《のりもり》は、娘婿《むすめむこ》の成経《なりつね》の元へ行きました。

「そなたの身を、しばらく私が預かるお許しを頂いたぞ」

「ありがとうございます。それでは、私は、命を永らえることができるのですね。ところで、父の処分は、どうなりましたでしょうか」

「うむ、そこまでは考える余裕《よゆう》がなかったな……」

すると、成経《なりつね》は、はらはらと涙《なみだ》を流して訴《うった》えます。

「私が、命が惜《お》しいのは、もう一度、父に会いたいと思うからです。父が斬《き》られるのならば、私が生き永らえたところで、何になりましょう。父と同じ所で死んでいきたいのです」

教盛《のりもり》は、苦しそうでした。

「そなたの命を救うのに精一杯《せいいっぱい》だったのだ。しかし、父上も心配ないだろうと聞いている」

これだけでも成経《なりつね》は、

「もう処刑《しょけい》されたかと、心配でなりませんでした。そうお聞きして、安心しました。明かりが出てきました」

と、涙《なみだ》ながらに手を合わせて喜びます。

「実の子でなければ、誰《だれ》が、わが身の命の危機をさしおいて、これほどまで喜ぶであろうか。やはり子というものは、持つべきものだな」

と、教盛《のりもり》は、思い直したのでした。

三

少将成経《しょうしょうなりつね》は、死罪は免《まぬか》れましたが、「鬼界《きかい》が島《しま》」への流刑《るけい》という、厳しい処分を受けました。

鬼界《きかい》が島《しま》とは、薩摩《さつま》（現在の鹿児島県）の南方海上にあり、都から、果てしなく遠い島です。

島には、住む人も少なく、言葉も通じません。田畑もなく、魚や獣《けもの》を取って食料にするしかありませんでした。

島の中央には、高い山があり、常に火を噴《ふ》き、硫黄《いおう》が満ちています。そのため、硫黄《いおう》が島《しま》とも名づけられています。

鬼界が島の位置には諸説あります

この山には、雷《かみなり》が常に鳴《な》り響《ひび》き、麓《ふもと》には激しい雨が続きます。一日どころか、片時でも、人が命を保てるとは思えないところでした。

鬼界《きかい》が島《しま》に流されたのは、少将成経《しょうしょうなりつね》と、俊寛僧都《しゅんかんそうず》、平康頼《たいらのやすより》の三人でした。

かいせつ

謀反《むほん》の首謀者《しゅぼうしゃ》・大納言成親《だいなごんなりちか》は、先に、備前《びぜん》（現在の岡山県）へ送られました。

成親《なりちか》は、配所の地で、嫡子《ちゃくし》の少将成経《しょうしょうなりつね》が「鬼界が島《きかいがしま》」へ流されたことを知らされ、大きな衝撃《しょうげき》を受けます。成親《なりちか》は、息子《むすこ》への申し訳なさと、将来への絶望感から、髪《かみ》を下ろして出家したのでした。

自分勝手な思いから、騒《さわ》ぎや事件を起こすと、その家族や周りの人たちを、どれだけ苦しめることになるか分かりません。

大納言成親《だいなごんなりちか》は、念仏を称《とな》え、浄土往生《じょうどおうじょう》を願う日々を送っていましたが、八月十九日に、流罪地《るざいち》で亡《な》くなりました。毒入りの酒を勧《すす》められたけれども拒否《きょひ》したため、崖《がけ》から突《つ》き落《お》とされたと伝えられています。自業自得《じごうじとく》とはいえ、あまりにも悲しい最期《さいご》でした。

四

鬼界《きかい》が島《しま》での、流人《るにん》の命を支えたのは、宰相教盛《さいしょうのりもり》でした。この遠い島へ、ずっと食料と衣服を送り続けたのです。

決してじゅうぶんな量ではありませんが、「娘《むすめ》の婿《むこ》を死なせたくはない」「娘《むすめ》を悲しませたくはない」という親心からでした。

成経《なりつね》、俊寛《しゅんかん》、康頼《やすより》の三人は、食料を分け合って、かろうじて命をつないでいたのです。

康頼《やすより》は、南海の孤島《ことう》で暮らす寂《さび》しさを歌に詠《よ》みました。

さつまがたおきのこじまに我ありと
おやにはつげよやえのしおかぜ

（薩摩潟《さつまがた》のはるか沖《おき》の小島に、この私がいることを、
どうか親に告げてほしい、海を渡《わた》って吹《ふ》く潮風よ）

思いやれしばしと思う旅だにも
なおふるさとはこいしきものを

（ほんのわずかな旅だと思っても、故郷は恋《こい》しいものです。
まして、遠く流罪《るざい》になっている私の思いを察してください）

彼は、この二首の歌を、細長い木の板（卒塔婆《そとば》）に記し、海へ流し続けました。その数は、千本にも達したといわれています。そのうちの一本が、風に送られて、安芸国《あきのくに》の厳島《いつくしま》の社前の渚《なぎさ》に打ち上げられたのでした。

この時、たまたま、康頼《やすより》の知り合いの僧《そう》が厳島《いつくしま》に参詣《さんけい》していました。波間から、拾い上げた板には、歌と一緒《いっしょ》に、康頼《やすより》の名前が書かれています。

「こんな不思議なことがあるのだろうか」と、僧《そう》は、直ちに都へ持ち帰り、康頼《やすより》の老母や妻子に見せました。

このことが、後白河法皇《ごしらかわほうおう》の耳にも入り、

「何と痛ましいことか。このように歌を詠《よ》むということは、彼ら三人は、生き永らえているのだな」

と涙《なみだ》を流しました。

また、清盛《きよもり》の所へも届けられました。清盛《きよもり》も、木石ではないので、さすがに感動して、「哀《あわ》れなことだ」と漏《も》らしたということです。

俊寛僧都の足ずり

一

鹿ケ谷《ししがたに》の事件で大混乱をきたした年も暮れ、治承《じしょう》二年（一一七八）の春を迎《むか》えました。

例年どおり、新年の儀式《ぎしき》が行われましたが、清盛《きよもり》と後白河法皇《ごしらかわほうおう》の関係は、どこか冷ややかでした。

やがて、高倉天皇《たかくらてんのう》の中宮《ちゅうぐう》（后《きさき》）となっていた清盛《きよもり》の娘《むすめ》・徳子《とくし》（建礼門院《けんれいもんいん》）が懐妊《かいにん》したことが伝わり、平家一門は喜びにわきます。

高倉天皇《たかくらてんのう》にとっては、初めての子供です。もし、皇子が誕生し、後《のち》に天皇に即位《そくい》すれば、平家の繁栄《はんえい》が頂点を極《きわ》めることは、誰《だれ》の目にも明らかでした。

清盛《きよもり》は、効験《こうけん》あらたかな高僧《こうそう》、貴僧《きそう》に命じて安産を祈《いの》ります。

しかし、月が重なるにつれて、中宮《ちゅうぐう》は体の苦痛を訴《うった》えるようになりました。

「無実の罪や、恨《うら》みを残して死んだ者の霊《れい》が、たたりをなして、病を重くす

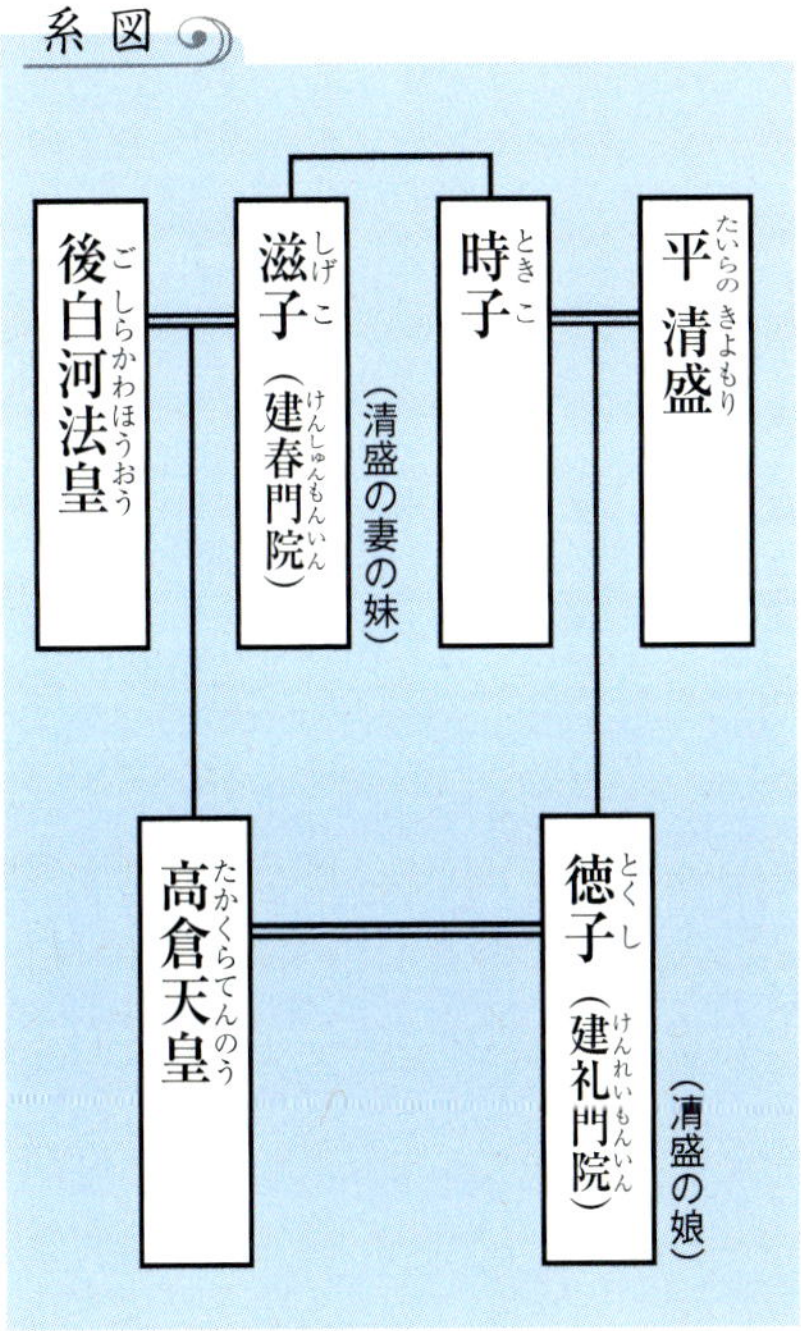

る」という迷信《めいしん》が、当時、広く伝わっていました。

剛毅《ごうき》な清盛《きよもり》も、この不安からは逃《のが》れられませんでした。

「生《い》き霊《りょう》も、死霊《しりょう》も、なだめよ」

と言って、亡《な》くなった人の墓へ勅使《ちょくし》を派遣《はけん》して高い官職や位階を贈《おく》ったり、高僧《こうそう》に命じて加持祈祷《かじきとう》をさせたりしていました。


鬼界《きかい》が島《しま》へ流された成経《なりつね》のことを、常に気に病《や》んでいた教盛《のりもり》は、兄・清盛《きよもり》に嘆願《たんがん》します。

「安産の祈願《きがん》が、さまざまになされていますが、最も効果があるのは、特別な恩赦《おんしゃ》を与《あた》えることです。中でも、鬼界《きかい》が島《しま》へ流された人々を赦免《しゃめん》されるほどの善根功徳《ぜんごんくどく》はないと思われます」

出産を控《ひか》え、体調の優《すぐ》れない娘《むすめ》を気遣《きづか》っていた清盛《きよもり》は、

「そうか、では、鬼界《きかい》が島《しま》の流人《るにん》を、呼《よ》び戻《もど》すことにしよう」

と、日頃《ひごろ》と違《ちが》って、穏《おだ》やかに言いました。

教盛《のりもり》は、手を合わせ、全身で喜びを表します。

やがて、清盛《きよもり》の赦免状《しゃめんじょう》を持った使者が、都を出発し、鬼界《きかい》が島《しま》へ向かいました。教盛《のりもり》は、あまりのうれしさに、自分の使者も同行させ、成経《なりつね》の帰路の安全にまで気を配ったのです。昼夜兼行《ちゅうやけんこう》で、急いで向かうよう命じられまし

系図

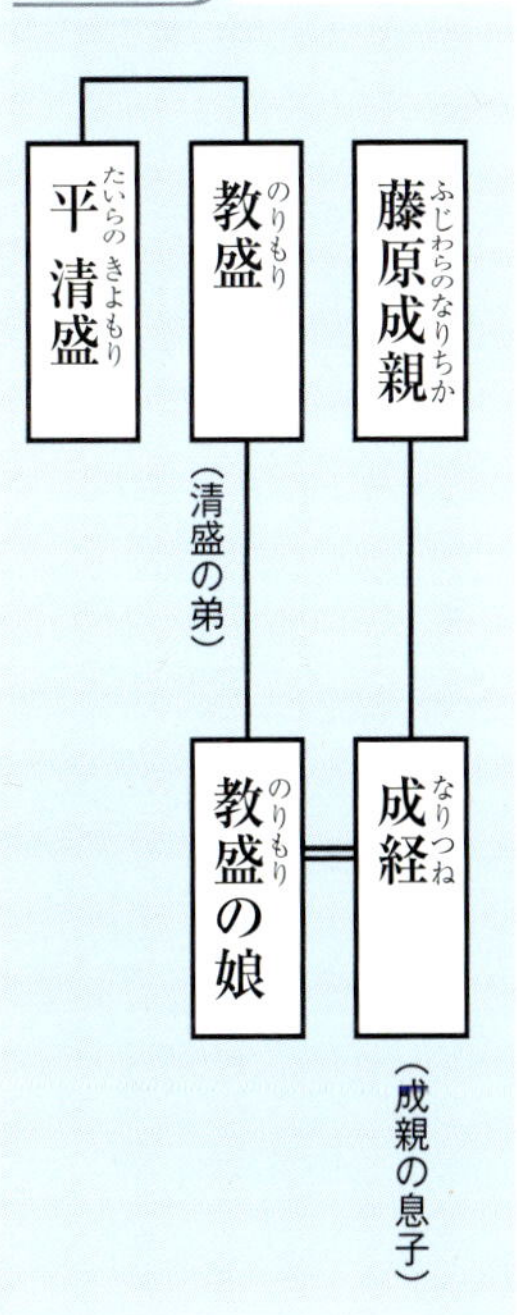

たが、船は天候に左右されます。七月下旬《げじゅん》に都を出発した一行が、鬼界《きかい》が島《しま》に到着《とうちゃく》したのは、九月二十日頃《ごろ》になっていました。

二

都からの使者が、鬼界《きかい》が島《しま》の浜辺《はまべ》に上がり、

「ここに、都から流された成経殿《なりつねどの》、俊寛殿《しゅんかんどの》、康頼殿《やすよりどの》はおられるか」

と、声を大にして尋《たず》ねました。

この時、成経《なりつね》と康頼《やすより》は、浜《はま》にいませんでした。

俊寛《しゅんかん》一人が、この声を聞いて、

「あまりにも都へ帰りたいと思い続けているので、夢でも見ているのだろうか」

と、慌《あわ》てふためいて、走っては倒《たお》れ、起きてはまた倒《たお》れながら、急いで使者の前へ来て、

「いったい何事か。私が、都から流された俊寛《しゅんかん》だ」

と名乗ります。

するとと使者は、首にかけていた袋《ふくろ》から、清盛《きよもり》の赦免状《しゃめんじょう》を取り出し、俊寛《しゅんかん》に渡《わた》しました。

開いてみると、

「中宮《ちゅうぐう》ご出産の、お祈《いの》りのため、特別な恩赦《おんしゃ》が行われることになった。よって、鬼界《きかい》が島《しま》の流人《るにん》、成経《なりつね》、康頼《やすより》を赦免《しゃめん》する。早く帰京の用意をせよ」

とだけ書かれていて、

「俊寛《しゅんかん》」

という文字はありませんでした。

俊寛《しゅんかん》は青ざめます。赦免状《しゃめんじょう》を包んだ表紙に書かれているかもしれないと思って調べても、「俊寛《しゅんかん》」の名はありません。奥《おく》から端《はし》へ読み、端《はし》から奥《おく》へ読み返しても、二人とだけ書かれていて、三人とは書かれていなかったのです。

三

そのうちに、成経《なりつね》と康頼《やすより》も、浜《はま》へやってきました。赦免状《しゃめんじょう》を、成経《なりつね》が手にして読んでも、康頼《やすより》が読み直しても、二人とだけ書かれていて、三人とは書かれていませんでした。

「これは夢に違《ちが》いない」と思《おも》い込《こ》もうとすると、現実のことでした。「やはり現実だ」と思うと、夢のようでもあります。

「もともと我々三人は、罪も同じ罪、流刑地《るけいち》も同じ鬼界《きかい》が島《しま》だ。どういうわけで、赦免《しゃめん》される時に、二人は召《め》し返《かえ》されて、一人だけ残らなければならないのか。

平家が、私のことを、うっかり忘れてしまったのか。それとも、執筆《しっぴつ》する役人が書《か》き間違《まちが》えたのか……。これはいったい、どうしたことであろうか」

俊寛《しゅんかん》は、天を仰《あお》ぎ、地に伏《ふ》して、嘆《なげ》き悲《かな》しみましたが、どうすることもできませんでした。

さらに、成経《なりつね》の袂《たもと》に取りすがって、

「俊寛《しゅんかん》が、このような目に遭《あ》ったのも、あなたの父が企《くわだ》てた、つまらぬ謀反《むほん》のせいじゃ。だから、私の嘆《なげ》きを、人ごとと思うなよ。都へ帰るお許しが出ないのならば、せめて、この船で、九州の地まで乗せていってくれ。頼《たの》む！」
と叫《さけ》びます。

成経《なりつね》は、こう慰《なぐさ》めました。

「そうお思いになるのは、もっともなことです。あなただけ残して帰る気持ちにはなりません。しかし、お許しもないのに、三人とも島を出たと平家に聞こえると、かえって悪いことになりましょう。まず、この成経《なりつね》が帰京して、人々ともよく相談します。平家の機嫌《きげん》を伺《うかが》い、許しを得たうえで、お迎《むか》えの人を差し向けます。それまでは、耐《た》え忍《しの》んでお待ちください」

こんなことを聞かされても、俊寛《しゅんかん》は、人目もはばからず、泣きもだえるばかりでした。

四

鬼界《きかい》が島《しま》を、船が出る時間になりました。

俊寛《しゅんかん》は、この船に乗ったり、降りたりを繰《く》り返《かえ》し、何とか一緒《いっしょ》に連れていってほしいと願います。しかし、それはかなわないのです。

ともづなを解いて、船は沖《おき》へ出ていきます。

すると俊寛《しゅんかん》は、船の綱《つな》を握《にぎ》ったまま、海へ入っていきます。海水が、腰《こし》まできても、脇《わき》まできても離《はな》しません。ついに背丈《せたけ》も届かない深さになると、船にしがみついて、叫《さけ》びました。

「おまえたちは、この俊寛《しゅんかん》を見捨てていくのか。これほど薄情《はくじょう》なやつとは思わなかった。これまでの友情も、今は、何の役にも立たないのか。なあ、どうかお願いだ。無理を承知で頼《たの》んでいるんだ。せめて、九州の地まで、乗せていってくれ……」

都からの使者は、

「そんなことは許されません」

と言って、船に取りすがっている俊寛《しゅんかん》の手を払《はら》いのけ、海へ落としてしまいました。

もはや俊寛《しゅんかん》は、どうすることもできません。波打《なみう》ち際《ぎわ》に戻《もど》って倒《たお》れ伏《ふ》してしまいました。

それでもまた、あきらめ切れずに立ち上がり、幼い子が母を慕《した》うように、

「おーい、乗せてくれ！　連れていってくれ！」

と泣《な》き叫《さけ》び、砂浜《すなはま》をドンドンと蹴《け》ります。足ずりして悔《くや》しがる俊寛《しゅんかん》の姿は、哀《あわ》れとしかいいようがありません。

沖《おき》へ漕《こ》いでいく船は、跡《あと》に白い波を残し、次第《しだい》に遠くなっていきました。

原文

既《すで》に船出《ふないだ》すべしとてひしめきあえば、僧都《そうず》乗《の》ってはおりつ、おりては乗《の》りつ、あらまし事《ごと》をぞし給《たま》いける。少将《しょうしょう》の形見《かたみ》にはよるの衾《ふすま》、康頼入道《やすよりにゅうどう》が形見《かたみ》には一部《いちぶ》の法花経《ほけきょう》をぞとどめける。ともづなといておし出《いだ》せば、僧都《そうず》綱《つな》に取《と》りつき、腰《こし》になり、脇《わき》になり、たけの立《た》つまではひかれて出《い》ず。たけも及《およ》ばずなりければ、舟《ふね》に取《と》りつき、

「さていかにおのおの、俊寛《しゅんかん》をば遂《つい》に捨《す》てはて給《たま》うか。これ程《ほど》とこそおもわざりつれ。日《ひ》ごろの情《なさけ》も今《いま》は何《なに》ならず。ただ理《り》をまげて乗《の》せ給《たま》え。せめては九国《くこく》の地《ち》まで」

とくどかれけれども、都《みやこ》の御使《おつかい》、

「いかにもかない候《そうろう》まじ」

とて、取《と》りつき給《たま》える手《て》を引《ひ》きのけて、船《ふね》をばついに漕《こ》ぎ出《いだ》す。僧《そう》都《ず》せん方《かた》なさに、渚《なぎさ》にあがり倒《たお》れふし、おさなき者《もの》のめのとや母《はは》な

どをしたうように、足《あし》ずりをして、

「是《これ》のせてゆけ、具《ぐ》してゆけ」

と、おめきさけべども、漕《こ》ぎ行《ゆ》く舟《ふね》の習《なら》いにて、跡《あと》は白浪《しらなみ》ばかりなり。

（巻第三　足摺）

かいせつ

なぜ、赦免状《しゃめんじょう》に、俊寛《しゅんかん》の名前がなかったのでしょうか。

『平家物語』には、清盛《きよもり》が、次のように語ったと書かれています。

「俊寛《しゅんかん》は、この清盛《きよもり》が、あれこれと口添《くちぞ》えをしてやって、一人前になった者だぞ。それが、よりによって、自分の鹿ケ谷山荘《ししがたにさんそう》で、平家を滅《ほろ》ぼす陰謀《いんぼう》を巡《めぐ》らしていたのだ。俊寛《しゅんかん》の赦免《しゃめん》だけは、思いも寄らぬことだ」

恩を仇《あだ》で返された清盛《きよもり》の怒《いか》りは、甚《はなは》だしいものだったのです。

第七章 俊寛と有王

人の親の心は
闇《やみ》にはあらねども
子を思う道に
まどいぬるかな

【主な登場人物】

平教盛
清盛の弟

平重盛
清盛の長男

藤原成経
成親の長男。鬼界が島へ流刑

俊寛
法勝寺の僧。鬼界が島へ流刑

平康頼
後白河法皇の側近。鬼界が島へ流刑

有王
法勝寺で俊寛に仕えていた少年

少将成経、都に帰る

一

治承《じしょう》二年（一一七八）十一月十二日、夜明け前から、中宮《ちゅうぐう》が産気づかれたというので、京中が大騒《おおさわ》ぎとなりました。

産室は、六波羅《ろくはら》の平家の屋敷《やしき》に設けられました。

法皇、関白《かんぱく》、太政大臣《だいじょうだいじん》はじめ、公卿《くぎょう》、殿上人《てんじょうびと》……、官位や官職を持つ人は、一人も漏《も》れなく六波羅《ろくはら》へ詰《つ》めかけていました。

これまでも、中宮《ちゅうぐう》のお産にあたって、大赦《たいしゃ》が行われたことが、しばしばありました。今度も、重罪の人が多く赦免《しゃめん》になりましたが、俊寛僧都《しゅんかんそうず》だけが許されなかったのは、とても気の毒なことでした。

中宮《ちゅうぐう》のお産は、国家としての重大事です。伊勢神宮《いせじんぐう》をはじめ二十余カ所の神社、東大寺《とうだいじ》をはじめ十六カ所の寺院へ使者が派遣《はけん》され、安産祈願《あんざんきがん》の読経《どきょう》が行われました。

その他にも、ありとあらゆる祈祷《きとう》が行われましたが、中宮《ちゅうぐう》は、絶え間ない陣痛《じんつう》に苦しむばかりで、お産は進みません。

清盛《きよもり》は、胸に手を当てて、「これはどうしたらよかろう」と、うろたえるばかりでした。

人が、何かを尋《たず》ねてきても、

「ともかく、よいように、よいように」

と言うばかりでした。

やがて、

「ご安産で、皇子がご誕生になりましたぞ」

と、声高らかに宣言されると、法皇はじめ、関白《かんぱく》以下の大臣、六波羅《ろくはら》に集《つど》った全ての人々が、「おおっ！」と歓声《かんせい》を揚《あ》げて喜び合い、その声は、門外にまで響《ひび》きわたって、しばらくは静まることがありませんでした。

中宮《ちゅうぐう》の父・清盛《きよもり》は、うれしさのあまり、声を上げて泣いていました。「喜び泣き」とは、こういうものをいうのでしょう。

いつも沈着冷静《ちんちゃくれいせい》な重盛《しげもり》は、皇子の枕元《まくらもと》へ行き、

「長命を保たれ、立派な天子におなりください」

と祈願《きがん》したのです。

かいせつ

多くの人から祝福されて誕生した皇子（後《のち》の安徳天皇《あんとくてんのう》）でしたが、わずか七年後、寿永《じゅえい》四年（一一八五）三月に、平家一門とともに、壇《だん》の浦《うら》の海底に沈《しず》んでいくとは、この時、誰《だれ》が予測できたでしょうか。

系図

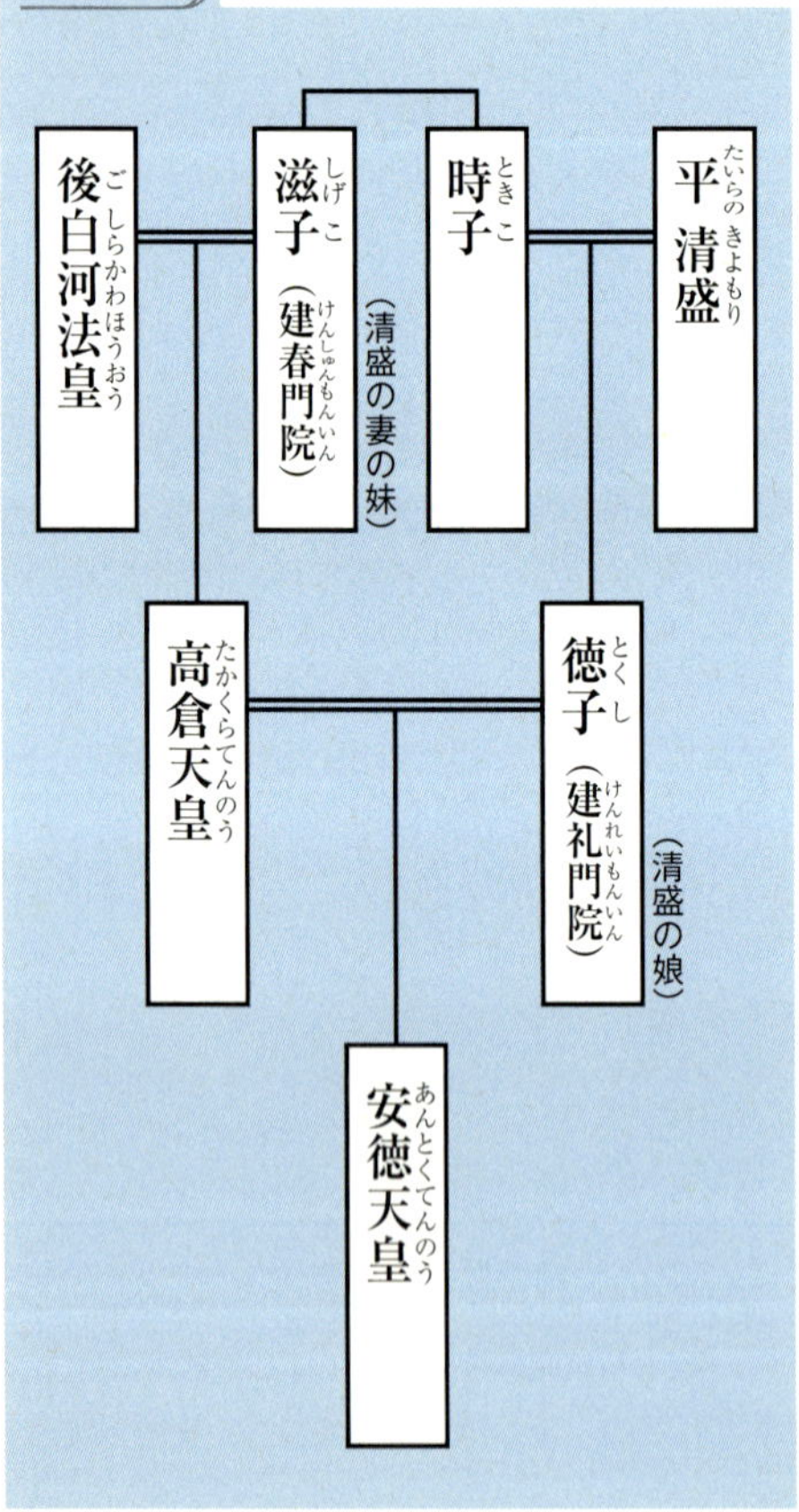

二

赦免《しゃめん》され、鬼界《きかい》が島《しま》を船でたった成経《なりつね》、康頼《やすより》の一行は、まず、船で九州へ向かいました。

教盛《のりもり》は、都から使いを出して、

「年内は、波風も激しく、道中も心配です。肥前国《ひぜんのくに》（現在の佐賀県）に、私の領地がありますので、そこで、春まで静養してから都へ向かってください」

と伝えました。娘婿《むすめむこ》に対して、教盛《のりもり》は、どこまでも配慮《はいりょ》が行き届いています。

年が明け、治承《じしょう》三年一月下旬《げじゅん》、肥前《ひぜん》を出発して都へ急ぎましたが、海上がひどく荒《あ》れていたので、船は浦伝《うらづた》い、島伝いに瀬戸内海《せとないかい》を進んで、二月十日頃《ごろ》に、ようやく備前国《びぜんのくに》（現在の岡山県）の児島《こじま》に着きました。成経《なりつね》の父・大納《だいな》言成親《ごんなりちか》が流された場所です。

父の墓を探してみると、松の木のそばにありました。土を少し盛り上げただけの墓です。

成経《なりつね》は、手を合わせ、目の前に父がいるように語りかけました。

「私は、二年ぶりに都へ帰ることになりました。あの島で命を落とさなかったのが不思議なくらいです。しかし、ご存命中の父上にお会いできてこそ、生き延びたかいもあったというものです。残念でなりません……」

繰《く》り返《かえ》し、繰《く》り返《かえ》し、訴《うった》えるように言って、泣くのでした。

いくら泣いても、父からの返事はありません。

ただ、松の枝が、風にそよぐ音が聞こえてくるばかりでした。

成経《なりつね》は、康頼《やすより》と一緒《いっしょ》に、墓の前に仮屋を建てて、七日七夜、念仏を称《とな》えて供養《くよう》を続けました。

過ぎ去った年月は、夢か幻《まぼろし》でしかありません。しかし、いつまでも忘れられないのは、幼い頃《ころ》から養い育ててくださった親の恩です。父を亡《な》くした今になって、なぜ、もっと孝行しなかったのかと悔《く》やまれるのです。

いつまでもここにいることはできないので、成経《なりつね》は、亡《な》き人に別れを告げて、泣く泣く都へたったのです。

三

同じ年の三月、ようやく都へ帰り着きました。

成経《なりつね》は、舅《しゅうと》の教盛《のりもり》の屋敷《やしき》へ入りました。

成経《なりつね》の母は、息子《むすこ》が入ってくる姿を、一目見るなり、

「命があってよかった……」

とだけ言って、感極《かんきわ》まって、衣《ころも》を被《かぶ》って泣《な》き伏《ふ》してしまいます。

涙《なみだ》を浮《う》かべて迎《むか》える妻は、やせ衰《おとろ》えて、二年前の美しい花のような面影《おもかげ》は
ありません。

「心配をかけてしまった……」

成経《なりつね》も、胸に迫《せま》るものがあります。

そばに二、三歳ほどの幼い子がいます。

「あの子は……」

と問うと、妻は、

「この子こそ……」

と言って、袖《そで》を顔に押《お》し当《あ》てて涙《なみだ》ぐんでしまいます。

そうか、流罪《るざい》の地へ送られる時、妻は懐妊《かいにん》していたのです。自分が、南海の孤島《ことう》で苦しんでいる間に、この子は、無事に生まれて、ここまで育ってい

たのでした。

少将《しょうしょう》藤原成経《ふじわらのなりつね》は、その後、元のように後白河法皇《ごしらかわほうおう》に仕え、やがて「中将《ちゅうじょう》」に昇進《しょうしん》しました。

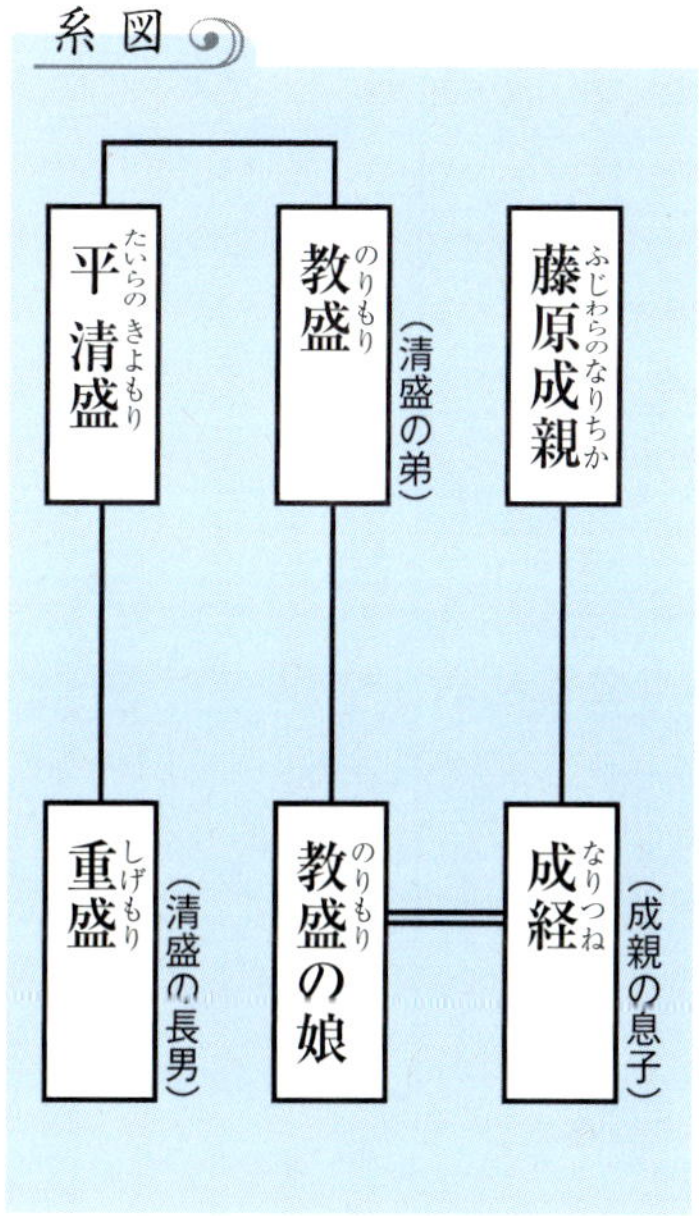

ひとつまみの白骨

一

俊寛《しゅんかん》が、京都にいた時、寺でかわいがって使っていた少年がいました。名を「有王《ありおう》」といいます。

有王《ありおう》は、鬼界《きかい》が島《しま》の流人《るにん》が都に帰ってくると聞いたので、迎《むか》えに出ていました。ところが、自分の主人の姿がありません。

どうしてなのか、役人に尋《たず》ねると、

「その人は、罪が重いので、島に残された」

と言います。

有王《ありおう》は、胸が張《は》り裂《さ》ける思いがしました。そして、

「何としても鬼界《きかい》が島《しま》へ行って、主人の安否を確かめよう」

と決意したのです。

長い船旅の苦労を重ねながら、鬼界《きかい》が島《しま》へ渡《わた》ってみると、そこは、想像していたよりも過酷《かこく》な場所でした。田も、畑もありません。村もありません。まれに、人はいても、言葉がよく通じません。

「都から流されてきた、俊寛僧都《しゅんかんそうず》という方を知らないか」

と尋《たず》ねても、ただ頭を振《ふ》る人ばかりです。

有王《ありおう》は、まず、山の方を探しました。峰《みね》に登り、谷を下っても、俊寛《しゅんかん》の姿はありません。

海辺に沿って探しても、砂浜《すなはま》に足跡《あしあと》をつけるカモメや、沖《おき》に群れる浜千鳥《はまちどり》

の他には、人影《ひとかげ》はありませんでした。

二

ある朝、磯《いそ》の方から、かげろうのようにやせ衰《おとろ》えた男が、よろめきながら出てきました。

髪《かみ》はぼうぼうに伸《の》びて、頭にいろんな藻屑《もくず》がからみついています。関節の骨があらわに見えて、皮膚《ひふ》はたるみ、着ている物もボロボロでした。手には海藻《かいそう》や魚を持っています。歩こうとしていますが、よろよろとして、なかなか進みません。

「都で多くの乞食《こじき》を見てきたが、これほどひどい者は、まだ見たことがない。知らぬ間に私は、餓鬼道《がきどう》に迷《まよ》い込《こ》んだのだろうか」

と思っているうちに、だんだんお互《たが》いの距離《きょり》が近づいてきました。

もしかして、こんな者でも、主人の行方《ゆくえ》を知っているかもしれないと思い、

「お尋《たず》ねします」

と言うと、

「何事だ」

と答えます。

「都から流された、俊寛僧都《しゅんかんそうず》という方の、行方《ゆくえ》をご存じないでしょうか」

と問うと、

「わしこそ、それだ」

と言うや否《いな》や、手に持っていた物を落として、砂上に倒《たお》れてしまいました。

ついに有王《ありおう》は、自分の主人・俊寛《しゅんかん》を探し当てたのでした。

三

俊寛《しゅんかん》は、そのまま気を失ってしまいました。有王《ありおう》が、膝《ひざ》の上に乗せて、
「有王《ありおう》が参りました。長い船路《ふなじ》を苦労して、ようやくここまで尋《たず》ねてきたの
に、どうして、すぐに、こんな悲しい目に遭《あ》わせられるのですか」
と、泣く泣く言うと、俊寛《しゅんかん》は意識を取《と》り戻《もど》しました。
助け起こされた俊寛《しゅんかん》は、こう言います。
「本当に、おまえの気持ちはありがたいことだ。わしは、明けても暮れても、
都のことばかり思っていたので、恋《こい》しい者たちの面影《おもかげ》を、夢に見ることが多
い。幻《まぼろし》が現れることもある。
体がひどく衰弱《すいじゃく》してからは、夢も現実も区別できなくなった。だから、お
まえが来たというのも、夢ではないかと思ってしまう。もし、これが夢だっ

たら、覚めたあとは、どうしたらいいだろう……」

有王《ありおう》が、

「いいえ、夢ではありませんよ。こんなお姿で、今まで命を永らえてこられたことが不思議に思われます」

と言うと、俊寛《しゅんかん》は、これまでのことを語り始めました。

「去年、置き去りにされてから、どれだけ苦しかったか、察してくれ。一緒《いっしょ》にいた二人が都へ帰った時、わしは身投げをしようと思った。しかし、成経《なりつね》が、『都から便りをするので、お待ちください』と言った言葉を明かりにして、生きてきたのだ。

この島には、食べ物が全くない。体に力のある間は山に登って、硫黄《いおう》という物を採り、九州から通《かよ》ってくる商人に渡《わた》して食べ物と交換《こうかん》していたのだ。けれども、日ごとに体が弱ってきて、今は、それもできなくなってしまった。

今日のように天気のいい日には、磯《いそ》に出て漁師に手を合わせて魚を分けてもらい、干潮の時には貝を拾ったり、海藻《かいそう》を採ったりして命をつないできたのだ。おまえに、これまでの全てを語りたいので、わが家へ来てくれ」

こんな有り様でも、家を持っているとは不思議なことだ、と思いながらついていきました。すると、松林の中に、海辺で拾ってきた竹を柱にして、体だけ入るほどの小屋がありました。草む

らから長く伸《の》びた葦《あし》を切ってきて束ねて屋根を作り、松の葉を敷《し》き詰《つ》めてあります。とても雨風に耐《た》えられる物ではありません。

俊寛《しゅんかん》は、京都の法勝寺《ほっしょうじ》の執行《しつぎょう》として、八十余カ所の荘園《しょうえん》の事務を取り仕切っていましたので、羽振《はぶ》りもよく、大きな門構えの邸宅《ていたく》に住んでいました。四、五百人もの部下や使用人に囲まれて采配《さいはい》を振《ふ》っていたのです。

それに比べたら、今、俊寛《しゅんかん》が置かれている境遇《きょうぐう》の、あまりにも激しい落差に、驚《おどろ》かざるをえません。この悲惨《ひさん》な結果は、どうして起きたのでしょうか。

人間の行いを「業《ごう》」といいます。

善い行いをすれば、善い結果（楽しみ）が現れます。

悪い行いをすれば、悪い結果（苦しみ）が現れます。

しかも、「自業自得《じごうじとく》」といわれるように、自分がやったこと（業《ごう》）の結果や報《むく》いは、いつか必ず、自分の身の上に現れるのです。
仮に、悪いことをした報《むく》いが、死ぬまでに現れなかったとしても、安心できません。その報《むく》いは、必ず来世で受けるのだと、釈迦《しゃか》は説かれています。

俊寛《しゅんかん》は「僧都《そうず》」という位を持つ僧侶《そうりょ》でした。大寺院で生活していた俊寛《しゅんかん》が、衣食住に用いていた物全ては、門信徒からの「お布施《ふせ》」で賄《まかな》われていました。お布施《ふせ》は、「仏物《ぶつもつ》」であり「浄財《じょうざい》」です。仏教を伝えるために大切に使わなければなりません。

お布施《ふせ》を私利私欲に使う者や、僧侶《そうりょ》の使命を果たしていない者、そのことを恥《は》じる心もない者は、重大な罪を犯《おか》していると、仏教では教えられています。俊寛《しゅんかん》は、まさに、このような罪を造り、その報《むく》いが、今生《こんじょう》で全て現れたとしか思えないのです。

原文

松《まつ》の一村《ひとむら》ある中《なか》に、より竹《たけ》を柱《はしら》にして、葦《あし》を結《ゆ》い、けた、はりにわたし、上《うえ》にもしたにも、松《まつ》の葉《は》をひしと取《と》りかけたり。雨風《あめかぜ》たまるべうもなし。昔《むかし》は、法勝寺《ほっしょうじ》の寺務職《じむしき》にて、八十余ケ所《はちじゅうよかしょ》の庄務《しょうむ》をつかさどられしかば、棟門平門《むねかどひらかど》の内《うち》に、四五百人《しごひゃくにん》の所従眷属《しょじゅうけんぞく》に囲繞《いにょう》せられてこそおわせしが、まのあたりかかるうき目《め》を見給《みたま》いけるこそふしぎなれ。業《ごう》にさまざまあり。順現《じゅんげん》・順生《じゅんしょう》・順後業《じゅんごごう》といえり。僧都《そうず》一期《いちご》の間《あいだ》、身《み》にもちいる処《ところ》、大伽藍《だいがらん》の寺物仏《じもつぶつ》物《もつ》にあらずと云《い》う事《こと》なし。さればかの信施無慙《しんぜむざん》の罪《つみ》によって、今生《こんじょう》にはや感《かん》ぜられけりとぞ見《み》えたりける。

（巻第三　有王）

かいせつ

俊寛《しゅんかん》が、鬼界《きかい》が島《しま》に流刑《るけい》になった原因は、平家《へいけ》打倒《だとう》の陰謀《いんぼう》に加担《かたん》したからではなく、門信徒からのお布施《ふせ》を受けながら「仏物《ぶつもつ》」をおろそかにした罪の報《むく》いだと『平家物語』は斬《き》り込《こ》んでいます。

四

俊寛《しゅんかん》は、有王《ありおう》が訪ねてきてくれたのは、現実のことだと納得《なっとく》して、

「家族から手紙を預かっていないか」

と聞きます。

有王《ありおう》は、涙《なみだ》にむせんで、しばらくは返事もできません。やがて起き上がり、こう語ります。

「平家の屋敷《やしき》から、あなたが呼び出されたあと、すぐに役人が来て、身内の人々を捕《と》らえて、謀反《むほん》の経緯《けいい》を問いただし、殺してしまったのです。かろうじて奥様《おくさま》は、二人のお子さまを連れて山奥《やまおく》へ逃《に》げられました。お子様は、いつも父上を恋《こ》い慕《した》っておられました。私が行くと、『有王《ありおう》よ、お父様に会いたい。鬼界《きかい》が島《しま》とかに、連れていけ』と、だだをこねられたもので

す。しかし、男のお子様は、二月に流行《はやり》の病でお亡《な》くなりになりました。

奥様《おくさま》は、子を亡《な》くした悲しみと、夫の安否を気遣《きづか》う心労から、日ごとに衰《すい》弱《じゃく》していかれました。そして、三月二日に、とうとう亡《な》くなってしまわれたのです。

ご家族としては、姫君《ひめぎみ》お一人だけ、奈良に隠《かく》れて住んでいらっしゃいます。

ここに、お手紙を頂いてまいりました」

差し出された手紙を開いてみると、有王《ありおう》が語ったとおりの家族の無常が記されています。そして最後に、

「どうして、流刑《るけい》に遭《あ》った三人のうち、二人は都に戻《もど》ったのに、お父様だけが島に残っているのですか。この有王《ありおう》をお供にして、急いで帰ってきてください」

と書かれていました。

俊寛《しゅんかん》は、この手紙を顔に押《お》し当《あ》てて、しばらく物も言えなくなりました。

やがて、

「これを見よ、有王《ありおう》。この子が、心細い、寂《さび》しいと訴《うった》えている。早く帰ってこいと書いている。自由になる俊寛《しゅんかん》ならば、どうしてこの島で、三年も過ごすだろう……。

あの子は、今年、十二歳になるはずだ。母もいない、親族もない、一人ぼっちで大丈夫《だいじょうぶ》だろうか。ちゃんと結婚《けっこん》したり、仕事に出たりして、生活していけるだろうか。心配でならない……」

と、俊寛《しゅんかん》は、一人の父として、泣き悲しむのでした。

「**人の親の心は闇《やみ》にはあらねども　子を思う道にまどいぬるかな**」

という有名な歌があります。親というものは、子供のことになると、自分のことも忘れて、心を砕《くだ》き、迷ったように心配するものだ、といわれています。俊寛《しゅんかん》の姿も、まさに、この歌のとおりではありませんか。

五

「ああ、今年は六歳になると思っていた男の子が、もう亡《な》くなってしまったのか……。わしが、平家の屋敷《やしき》へ出頭する時、この子は、自分も行きたいと言って跡《あと》を慕《した》ってきたんだ。『お父さんは、すぐ帰るからね』と、なだめすかして家を出たのが、つい今し方のように思い出されてくる。あの時が、最後の別れになるのだったら、どうして、もう一度、抱《だ》いてやらなかったのだろうか。もっと、あの子の顔を見ておかなかったのだろうか……。

親となり子となり、夫婦《ふうふ》の縁《えん》を結ぶのは、この世だけの契《ちぎ》りではないはずだ。お互《たが》いに、前世から深い縁《えん》があったはず。それなのに、なぜ、子や妻が、先に亡《な》くなったことを、今まで、分からなかったのだろうか。夢でもいいから、知らせてほしかった……。

こんな島で、人目も恥《は》じず、何とかして生き延びようと思ってきたのは、おまえたちに、もう一度、会いたかったからなのに……」

俊寛《しゅんかん》は、こう言って、希《まれ》にしか得られない食事も食べる気力をなくしてしまいました。そして、「南無阿弥陀仏《なむあみだぶつ》」と、一心に弥陀《みだ》の名号《みょうごう》を称《とな》えて、浄土往生《じょうどおうじょう》を願うのでした。

有王《ありおう》が、この島に渡《わた》って二十三日めに、俊寛《しゅんかん》は、粗末《そまつ》な小屋の中で亡《な》くなりました。三十七歳でした。

有王《ありおう》は、亡骸《なきがら》に取りつき、天を仰《あお》ぎ、地に伏《ふ》して、泣き悲しみましたが、どうにもなりません。

　心ゆくまで泣《な》き尽《つ》くして、

「このまま、あの世へお供をいたしたいのですが、私は、しばらく生き永らえて、あなたの菩提《ぼだい》を弔《とむら》いましょう」

と言って、死の床《とこ》に横たわる俊寛《しゅんかん》の上を、松の枝や葦《あし》の枯《か》れ葉《は》で覆《おお》い、火をかけて、荼毘《だび》にふしたのです。

　最後に残ったのは、ひとつまみの、白骨でした。

原文

「親《おや》となり、子《こ》となり、夫婦《ふうふ》の縁《えん》をむすぶも、みなこの世《よ》一《ひと》つにかぎらぬ契《ちぎ》りぞかし。などさらば、それらがさように先立《さきだ》ちけるを、今《いま》まで夢《ゆめ》まぼろしにも知《し》らざりけるぞ。人目《ひとめ》も恥《は》じず、いかにもして命《いのち》いこうど思《おも》いしも、これらを今一度《いまいちど》見《み》ばやと思《おも》うためなり（中略）」

とて、おのずからの食事《しょくじ》をとどめ、偏《ひとえ》に弥陀《みだ》の名号《みょうごう》をとなえて、臨終正念《りんじゅうしょうねん》をぞいのられける。有王《ありおう》わたって廿三日《にじゅうさんにち》と云《い》うに、その庵《いおり》のうちにて遂《つい》におわり給《たま》いぬ。年卅七《としさんじゅうしち》とぞ聞《きこ》えし。有王《ありおう》むなしき姿《すがた》に取《と》りつき、天《てん》に仰《あお》ぎ地《ち》に伏《ふ》して、泣《な》きかなしめどもかいぞなき。

（巻第三　僧都死去）

かいせつ

この後、有王《ありおう》は都へ戻《もど》り、俊寛《しゅんかん》の娘《むすめ》に一部始終を報告します。父が亡《な》くなったことを知った娘《むすめ》は、わずか十二歳で出家し、奈良の寺へ入って仏教を求めるようになりました。

有王《ありおう》は、俊寛《しゅんかん》の遺骨を高野山《こうやさん》へ納め、自身も法師になります。そして、全国を行脚《あんぎゃ》して、主人の後世《ごせ》を弔《とむら》ったと伝えられています。

鹿ケ谷《ししがたに》の陰謀《いんぼう》に加担《かたん》した人々の記録は、この章で終焉《しゅうえん》を迎《むか》え、「このように、人々の恨《うら》み、嘆《なげ》きの積もっていった平家の行く末は、どうなっていくのか、空恐《そらおそ》ろしいことであります」と結んでいます。

【カラー写真】

◆巻頭グラビア

京都府　夕暮れの八坂の塔

福島県　芦ケ沢の桜と菜の花

京都府　桜と賀茂川

p.3　茶道

p.4　扇子

p.7　カワセミと紅葉

p.16　岡山県　瀬戸内海

p.61　金盃と扇

p.69　京都府　嵐山　新緑の桂川と渡月橋

p.78　京都府　清水寺

p.81　侘助椿

p.83　京都府　清水寺

p.91　髪飾りと帯紐の和装小物

p.94　ツバキ

p.102　組紐

p.114　京都府　嵯峨野の竹林

p.150　合わせ鏡

p.155　香川県　夕暮れの瀬戸内海

p.214　折り鶴とサクラ

写真提供:アフロ

【地図製作】

p.113　小川恵子(瀬戸内デザイン)

【主な参考文献】

井沢元彦『英傑の日本史 源平争乱編』角川文庫、2008年
日下力、鈴木彰、出口久徳『平家物語を知る事典』東京堂出版、2005年
佐伯真一『物語の舞台を歩く 平家物語』山川出版社、2005年
杉本圭三郎『新版 平家物語』講談社学術文庫、2017年
西沢正史(編)『平家物語作中人物事典』東京堂出版、2017年
西田直敏『平家物語への旅』人文書院、2001年
林望『謹訳 平家物語』祥伝社、2015年
松本章男『新釈 平家物語』集英社、2002年
吉川英治『新・平家物語』(吉川英治歴史時代文庫)、講談社、1989年

〈イラスト〉

黒澤　葵（くろさわ　あおい）

平成元年、兵庫県生まれ。
筑波大学芸術専門学群卒業。日本画専攻。
好きな漢詩は「勧酒」。お酒は全く飲めない。
季節の移り変わりを楽しみながら
イラスト・マンガ制作をする日々。

原文は、東京大学国語研究室蔵本を基にし、諸本を参考にして一部補訂しました。漢字や句読点、仮名遣いなどは、読みやすいように改めました。

〈著者略歴〉

木村 耕一（きむら　こういち）

昭和34年、富山県生まれ。
富山大学人文学部中退。
東京都在住。
エッセイスト。
著書
新装版『親のこころ』『親のこころ２』、『親のこころ３』
新装版『こころの道』『こころの朝』
新装版『思いやりのこころ』、『人生の先達に学ぶ　まっすぐな生き方』
『こころ彩る徒然草』『こころに響く方丈記』『こころきらきら枕草子』
など。
監修・原作
『マンガ 歴史人物に学ぶ
大人になるまでに身につけたい大切な心』１～５

美しき鐘の声 **平家物語（一）**
諸行無常の響きあり

平成31年(2019) ３月６日　第１刷発行
令和２年(2020) ７月７日　第５刷発行

著　者　木村　耕一

発行所　株式会社 **１万年堂出版**
〒101-0052　東京都千代田区神田小川町2-4-20-5F
電話　03-3518-2126
FAX　03-3518-2127
https://www.10000nen.com/

装幀・デザイン　遠藤 和美

印刷所　凸版印刷株式会社

　ISBN978-4-86626-040-2 C0095

鴨長明さんの弾き語り

こころに響く方丈記《ほうじょうき》

木村耕一 著

イラスト 黒澤葵

ゆく河の流れは絶えずして、
しかも、もとの水にあらず

（川の流れのように、
幸せも、悲しみも、
時とともに過ぎていきます）

「この世は無常だな」
と知らされると、
より一層、前向きな
生き方になります

『方丈記』の、
この有名な書き出しの
意味が分かると、
どんな挫折、災難、
苦しみにぶつかっても、
乗り越えていける力が
わいてくるのです。

この魅力、どこから？

★**夏目漱石**は
『方丈記』に共鳴して、
小説に生かしている！

★**宮崎駿**のアニメにも
大きな影響を！

★**佐藤春夫**（詩人）は、
「いかに生くべきかを
力説した珍しい古典だ」
と感動！

◎定価 本体1,500円＋税　四六判 上製　200ページ　ISBN978-4-86626-033-4　オールカラー